coleção
reconstruir

SONIA RODRIGUES

O VIAJANTE DO ESPAÇO

Reconstrução livre da Odisseia
Homero

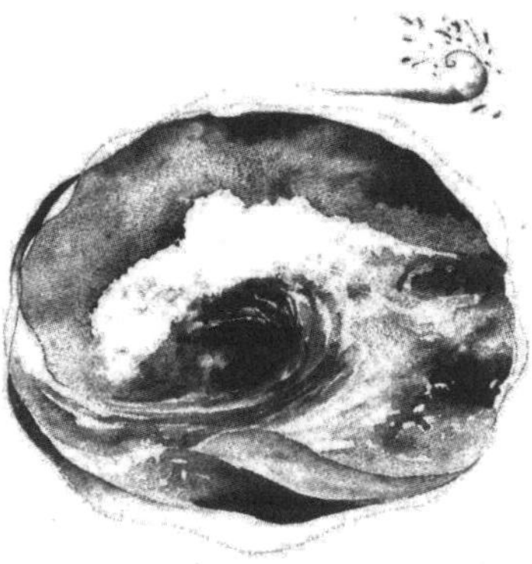

Ilustração
ANDRÉA VILELA

Conforme a nova ortografia

Formato

Selecionado para o Salão Capixaba — ES/2005

FICHA CATALOGRÁFICA

Dados Internacionais de Catalogação na Publicação (CIP)
(Câmara Brasileira do Livro, SP, Brasil)

Rodrigues, Sonia
O viajante do espaço / Sonia Rodrigues ;
Ilustração Andréa Vilela, – São Paulo :
Formato Editorial, 2001. – (Reconstruir)

"Reconstrução livre da Odisseia, Homero"

ISBN 978-85-7208-306-5

1. Literatura infantojuvenil I. Vilela, Andréa .
II. Título. III. Série.

01-1666 CDD-028.5

Índices para catálogo sistemático:
1. Literatura infantojuvenil 028.5
2. Literatura juvenil 028.5

2ª edição
9ª tiragem, 2015

O VIAJANTE DO ESPAÇO / ODISSEIA

Coleção ***Reconstruir***
Texto © 2001 SONIA RODRIGUES
Ilustração © SANDRA BIANCHI / ANDRÉA VILELA

Editoria
SONIA JUNQUEIRA
Editoria de Arte
NORMA SOFIA
Assistência Editorial
JAKELINE LINS
Secretaria Editorial
FLAVIA ARAÚJO
Editoração Eletrônica
BRUNO MARTINS

Revisão
ANA ELISA RIBEIRO e JAKELINE LINS (revisão final)

Direitos reservados à
SARAIVA S.A. Livreiros Editores
Rua Henrique Schaumann, 270 - Pinheiros
05413-010 – São Paulo – SP

SAC | 0800-0117875
De 2ª a 6ª, das 8h30 às 19h30
www.editorasaraiva.com.br/contato

958442.002.009

Impressão e acabamento: Mark Press Brasil

SUMÁRIO

N. do E. Virando este livro ao contrário, você encontrará o mito *Odisseia*, que este *O viajante do espaço* procura reconstruir, conforme se explica na *Carta ao leitor*, p. 90.

O DESAPARECIDO

A ilha era diminuta, coberta de flores e arbustos que davam frutos descomunais, totalmente em desacordo com o tamanho dos troncos que os abasteciam de seiva. Quando chegara ali a nado, depois de se deixar arrastar pela estranha corrente de água quente, quase uma estrada no meio do mar, Miguel não resistira a comer as frutas muito doces ou muito ácidas que se ofereciam em profusão de cores.

As frutas eram saborosas e lindas. Provocavam também uma sensação de bem-estar, de prazer. Bastavam elas para que Miguel se sentisse saciado.

Nos primeiros dias – Miguel os contava pelo tempo que se passava desde que acordava com o sol alto até adormecer, mal ele desaparecia no horizonte – ele se sentia num estado de bem-aventurança. Andava pela ilha, bebia água numa fonte e, quando sentia fome, colhia um dos frutos exuberantes sempre ao alcance da mão. Um imenso lagarto castanho-escuro, com olhinhos maliciosos, o seguia por todo lado, manso, amigo, a ponto de se estirar ao seu lado quando ele, cansado de não fazer nada, se deitava numa sombra e dormia.

Certa manhã, acordou mais cedo que de costume e, passando a mão no rosto, estranhou a maciez da pele.

– Engraçado, tantos dias aqui e não me nasceu barba – comentou com o lagarto, que dormia ao seu lado.

Era um fato estranho e lhe trazia, muito de longe, a lembrança de alguma coisa que não deveria ter esquecido mas esquecera. Passou cismado o resto da manhã, o lagarto ao seu lado, tão cismado que seu apetite diminuiu. Seria alguma doença que impedia o seu rosto de se cobrir de pelos? E se os cabelos caíssem?

Olhando-se no lago junto à fonte de água doce, Miguel se imaginou careca, e aquilo se lhe afigurou detestável. Mas não. Os cabelos estavam lá, negros, encaracolados, curtos. Não haviam crescido.

Tirou a roupa para tomar banho e notou que o tecido se fazia velho, a calça já esgarçando nas costuras. No fundo de um dos bolsos, um pequeno animalzinho inanimado. Ele tentou se lembrar, mas não sabia também como fora parar ali.

– Esquisito! Por que minha roupa está caindo aos pedaços em tão pouco tempo?

Pela primeira vez, o olhar do lagarto lhe pareceu malévolo, como se o bicho soubesse de coisas que ele ignorava. Enraivecido, deu um chute no animal, que se afastou ganindo como um cachorrinho de estimação magoado por uma injustiça do dono. Miguel então pegou a coisa e guardou-a de novo no bolso.

Naquele dia, comeu muito pouco, andou pela ilha inquieto, e o sol se pôs sem que ele tivesse sono. O lagarto sumira e, com remorso por tê-lo maltratado, Miguel saiu a procurá-lo na noite estrelada, lua alta.

Não achou o animal em parte alguma e já desistia de sua busca noturna quando viu, com o maior susto, uma mulher linda sentada na beira do mar, num recanto da ilha. A noite estava prestes a acabar, mas ainda faltava para nascer o dia, e a desconhecida pareceu a Miguel uma boa nova, alguém que saberia informar que ilha era aquela, e talvez até soubesse como sair dali. Ele se aproximou cauteloso, mas alguma coisa deve ter denunciado a sua presença, pois a mulher se voltou na direção de seus passos e, correndo, fugiu.

Depois de procurá-la em vão, pensando ter sido uma miragem, Miguel adormeceu na praia e teve um sonho estranho, com um navio que tinha um grande e único olho na proa e uma mulher já velha e rabugenta dizendo a um menino moreno que se contorcia de cólicas:

– Eu já lhe disse que a única solução para quem se entope de doces é tomar água e chá, um santo remédio. Olha o que eu faço com essa porcariada. – A mulher dizia isso e jogava vários bastões coloridos no mar, e o menino que se parecia com ele tentava fugir do remédio amargo que ela lhe empurrava pela boca enquanto tapava seu nariz e segurava firme seus braços, para que ele não se livrasse da cura.

– Não faça, isso, Bá – implorava o menino, e a megera insistia, correndo atrás dele com um vidro e uma colher na mão.

Ele acordou assustado, o Sol nascia e ao seu lado estavam as belas frutas da ilha, como se alguém as tivesse colhido enquanto ele dormia e as tivesse deixado ali de presente. Junto às frutas, o lagarto.

Miguel recuou enojado. As frutas se pareciam estranhamente com os doces coloridos do sonho.

– Você não sabe que doce demais dá cólicas, lagarto? – perguntou, como se o bicho pudesse compreendê-lo. – Hoje, pelo menos, não como estas frutas, nem que me paguem. Olha o que eu faço com estas delícias.

Miguel foi atirando as frutas no mar, sob o olhar desconsolado do lagarto.

– Sabe que às vezes você parece gente? Ou um cachorrinho pidão.

Miguel passou a mão pelo couro áspero do bicho e ele realmente parecia um cachorro, prestes a se jogar de costas e oferecer a barriga para ser acariciada.

– Venha, vamos ver se encontramos alguma forma de pegar um peixe. Hoje quero variar o cardápio. Peixe assado e água. Acho que a Bá aprovaria essa dieta. Mas, afinal, quem é Bá? Eu deveria saber, mas esqueci completamente.

Miguel seguiu para o interior da ilha, acompanhado pelo lagarto, que bamboleava triste atrás dele, como se estivesse descontente com alguma coisa.

***

Técio chegou ao quarto, vindo da escola. Sabia que chegar em casa significava colocar a mochila no lugar certo na estante, trocar de roupa, lavar as mãos, almoçar. Cumprimentar a empregada, antes de tudo. A mãe fazia questão.

Bá, porém, compreendia que ele não podia cumprimentar ninguém, muito menos se preocupar em arrumar objetos, como livros e cadernos, antes de mexer na guitarra. A guitarra era nova, presente de aniversário. Era sua prioridade. Cheirar a guitarra, dedilhar um pouquinho as suas cordas, experimentar o som. Não via a hora de começarem as aulas com João Márcio, que odiava ser chamado por esse nome. "Mentor musical", era assim que ele se denominava. Conseguir uma aula particular com ele era bem difícil, e Técio estava orgulhoso de si mesmo porque não só a aula estava marcada para o dia seguinte, como também MM dissera que ele "levava jeito".

Bá entendia, ao contrário da mãe. Estava velha, meio cega, mas ainda fazia quase tudo naquela casa e era capaz de sentir o que se passava na cabeça de rapazes de dezesseis anos. Como ele. Não se incomodava com seu meio resmungo quando entrava em casa vindo do colégio, desesperado para tocar no presente. Em meia hora, ela bateria na porta avisando: "o almoço está na mesa", e não se incomodaria que ele não aparecesse a não ser muito tempo depois. Como não se incomodaria também de esquentar novamente a comida já fria quando ele, finalmente, sentasse à mesa. Bá sabia das coisas.

Naquele dia, porém, não foi a velha empregada que bateu na porta do quarto. Foi a mãe, Clarice. Técio fazia uma imitação até razoável de Frejat em frente do espelho do armário embutido, quando percebeu a mãe olhando e sorrindo. Ele não havia escutado a batida na porta, provavelmente por causa do barulho da música que saía do aparelho de som. Muito alto.

– Eu bati, você não ouviu – Clarice comentou bem-humorada, enquanto o filho, sem graça, desarmava a pose e guardava a guitarra.

– Devia ter batido mais forte – reclamou Técio. – E se eu estivesse pelado? Trocando de roupa?

– Ora, eu sou sua mãe, troquei suas fraldas, dei banho em você. Já o vi pelado mil vezes. – Ela desmanchou o cabelo dele, como se Técio ainda fosse criança. E o filho pensou em como as mães não têm sintonia com certas coisas.

– Você não devia estar no trabalho?

– Devia, mas resolvi tirar uma folga para conversar com você.

Problema. E grande. Clarice não viria almoçar em casa por pouco. Uma das vantagens de ser filho único, pensava Técio, era saber, numa frase, o que esperar da mãe. Passou em revista, rapidamente, as possibilidades. O boletim do bimestre não havia sido entregue ainda. Ele não cometera nenhuma falta grave no colégio. Ela não tinha como saber que ele bebera além da conta na festa do último sábado para tomar coragem de se aproximar de uma menina.

Clarice detestaria saber da bebida. Não aprovava exageros. E odiava drogas. Legais ou ilegais. Para a mãe, qualquer incursão nesse território – e não adiantava argumentar que cerveja se encontra em qualquer bar ou festa – era motivo de discussão. Discutir com a mãe representava endurecimento de limites. A guitarra e as aulas de música passavam a correr perigo. Tomando nota mentalmente para se manter longe do álcool, Técio esperou que a mãe contasse o motivo de ter ido para casa àquela hora.

– Técio, eu recebi hoje uma proposta e gostaria de ouvir sua opinião, meu filho.

As conversas muito sérias sempre começavam assim. Eram raras, Clarice gostava de ser mãe, mas em algumas áreas fazia questão de se apoiar no filho. Dividir com ele a responsabilidade das decisões.

– Manda – disse Técio, despreocupado. Devia ser alguma despesa maior, uma viagem, ele pensou.

– O Edgar quer casar comigo.

Técio sentou-se na cama, chocado. Edgar era um admirador antigo da mãe, mandão, grosseiro, insuportável. Ela trabalhava com ele.

– Como casar com você? Meu pai ainda pode estar vivo.

– Se estivesse vivo, teria dado notícias. Ninguém some durante dez anos, Técio. E depois, houve a explosão no barco, embora o corpo não tenha sido encontrado.

– Mãe, o Edgar é um imbecil. Grita com as pessoas, é desonesto com os clientes, perseguiu a ex-mulher um tempão, você sabe disso. E ele bebe. Você não suporta gente que não sabe beber. – Técio tentava outra linha de argumentação.

A mãe ficou calada. Acabrunhada. Técio sentiu medo, Clarice estava escondendo alguma coisa. Ele tinha certeza.

– Você não vai aceitar, não é, mãe? Você não gosta dele.

– A situação não é tão simples. Você sabe que seu pai foi sócio dele e de Serguei. A firma vem perdendo dinheiro há anos, desde que seu pai sumiu. Este apartamento, eu descobri hoje, Edgar precisou vender para o Olímpio para pagar dívidas.

– E se você não casar com aquele bebezão malcriado a gente tem que sair daqui? A gente sai. Qual é o problema?

– O problema é que seu pai nasceu aqui, você nasceu aqui, e este apartamento é a única coisa que nós temos.

– E daí? A gente muda. Você trabalha, não trabalha? Ou ele vai mandar você embora da empresa que também é nossa?

Não precisava nem responder à pergunta. Claro que Edgar preferia ver Clarisse sem emprego, sem casa, a admitir que alguém pudesse contrariá-lo.

– Não é mais nossa, Técio. Olímpio comprou a parte de Miguel, Serguei tinha uma procuração do seu pai, Edgar me contou que precisaram vender.

– Esse cara é o quê? Maluco? De repente cismou com você e quer porque quer casar? Isso não existe, mãe.

– Acho que ele nem gosta de mim, Técio. Não é esse o problema. Seu tio-avô Laerte deixou um fundo para mim, muito dinheiro, mas com uma condição. O Edgar, eu acho, está interessado nisso. Você conhece a história.

Técio conhecia. Uma história de arrogância. O tio-avô de sua mãe não aprovara o casamento de Clarice, que ele criara como filha, aos quinze anos com um surfista de dezessete. Fizera um testamento segundo o qual ela só teria direito a herdar sua fortuna aos trinta e dois anos, se estivesse casada e vivendo bem com o marido, Miguel ou outro. Senão, o dinheiro iria todo para instituições filantrópicas. Faltavam três meses para aquela data. E o marido, o pai de Técio, sumira.

– Mas você continua casada com meu pai. Ele apenas não está aqui. A gente inventa que ele está viajando.

– Não é tão fácil, meu filho. O testamenteiro sabe que seu pai está desaparecido há dez anos, e isso já é um forte indício de que está morto. Ele próprio tem interesse em declarar seu pai morto, porque é o maior defensor de doar o dinheiro para as entidades que seu tio-avô ajudava.

– A gente desiste do dinheiro – tentou contrapor Técio, já desesperado.

– Desiste da casa, da empresa, da herança? Do que é seu por direito? Eu não posso fazer isso, Técio.

Uma batida discreta na porta interrompeu a conversa dos dois. Era Bá, avisando que o almoço estava na mesa.

***

Final de tarde, fim de semana, bar lotado de homens engravatados saindo do trabalho e mulheres em menor número.

Testamento

Algumas acompanhadas, outras não. Numa mesa de canto, discreta, três homens bem-vestidos conversavam.

– E você acha mesmo que ela vai aceitar a sua proposta? Clarice não quer casar com ninguém. Há dez anos ela espera por Miguel. – A dúvida partia de Serguei, alto, mais para gordo, o cabelo rareando em duas grandes entradas no alto da cabeça.

– É tão óbvio que você deseja casar com ela por causa da herança, Edgar, que só uma idiota não notaria. – Quem dizia isso era Olímpio, mais velho que os outros dois, moreno, o cabelo já grisalho, lustroso, o terno escuro dando-lhe um ligeiro ar de mafioso de filme.

– Vocês vão ver como eu vou conseguir. Ela é louca por aquele filho, e como é que uma mulher sozinha vai conseguir se manter, sem casa, sem emprego... O testamento é muito claro: ela só entra na posse do dinheiro se estiver casada. O marido sumiu, que melhor candidato do que eu?

– Melhor do que você? Eu posso fazer uma lista de pretendentes melhores. A começar por mim mesmo. Se o problema for só arranjar um marido para ajudar a gastar o dinheiro... – zombou Serguei.

– Além disso, existe sempre a possibilidade daquele maluco do Miguel voltar. Caiu no mundo, se divertiu bastante, chegada a hora ele volta, recupera a mulher, o filho já criado, e entra no dinheiro – sugeriu Olímpio.

– Que nada. Ele deve ter morrido. Só um imbecil como ele se ofereceria para uma expedição ao Oriente Médio. No meio de uma guerra – resmungou Edgar. – Está morto, claro.

– Mas e se ele não estiver morto? Pode aparecer. Já pensou? Você, um advogado, Edgar, estaria envolvido num caso de bigamia. É melhor ficar fora disso. Para mim, por exemplo, casar com Clarice, mesmo que Miguel reaparecesse depois, não traria nenhuma repercussão profissional. Afinal, um engenheiro não é obrigado a conhecer a lei – provocou Serguei.

– Você foi colega de Miguel, não é mesmo, Serguei? Você acha que ele deixaria a mulher sozinha tanto tempo se estivesse vivo? – perguntou Olímpio.

– Ele era louco por Clarice e pelo filho. Mais até do que por expedições do outro lado do mundo – disse Serguei. – E foi você quem agenciou o contrato, não foi, Olímpio?

O outro não respondeu, apenas sorrindo.

– Ele foi a serviço, o barco em que ele voltava foi explodido por terroristas, ele sumiu. Eu só quero casar com a viúva, gente – Edgar disse, cínico. – É bonita, é jovem, vai ficar rica. Qual é o problema?

– O problema é que ela ainda gosta do marido e quer tanto casar com você como com qualquer um de nós. Por que não tentamos os três? – propôs Olímpio.

Ele e Serguei riram da expressão carrancuda de Edgar. "Qual, nós temos tanto direito de tentar conquistá-la quanto esse bobalhão", pensava Olímpio.

"Eu conheço Clarice há mais tempo do que eles. Desde que ela casou com Miguel. Era uma garota", pensava Serguei.

Edgar fez sinal ao garçom pedindo a conta. Os dois amigos haviam estragado sua *happy hour* com aquela competição idiota. Clarice seria sua e de mais ninguém.

***

Muito longe dali, tão longe que as medidas habituais de distância e de tempo não poderiam registrar, uma mulher morena se preparava para começar seu dia de trabalho, num laboratório pequeno, em um projeto especial. Tão especial que poucas pessoas do mundo em que gravitavam Técio e Clarice,

Edgar e seus amigos, tinham conhecimento do tipo de pesquisa que se fazia ali. Era uma equipe reduzida a que conduzia o trabalho, e seus segredos eram muito bem guardados.

A mulher tocou num ponto da parede, branca como a longa veste que usava, e imensas telas por toda a abóbada que servia de parede e teto começaram a zumbir suavemente, indicando que as dimensões com as quais a equipe conseguira obter contato estavam integradas ao sistema. O que eles haviam criado, mais de cinquenta anos antes, de início tinha um objetivo bélico. O projeto começara no ano de 1948, uma guerra mundial findara, e a qualquer momento – pensava o pequeno grupo de cientistas – poderia ocorrer outra.

O que nenhum deles podia supor, nem o mais imaginativo, é que, ao tentar explorar o espaço em busca de novas fontes de suprimentos, novos espaços para aliados ou formas diferentes de ataque e supremacia contra os inimigos, eles se deparariam com aquilo: áreas desvinculadas do tempo em que viviam. Pelo menos, da noção de tempo que dominava suas mentes científicas.

Minnie – era esse o nome da morena, magra e séria – se aproximou da tela do monitor, que nos próximos dias estaria sem seu operador, e mais uma vez admirou os motivos marinhos que descansavam os olhos dele nas longas horas de vigília sobre "seus" domínios.

Podia-se dizer tudo do cientista que pesquisava aquela área: era, muitas vezes, mal-humorado a ponto de ser bravo, caprichoso, capaz de guardar rancor à menor divergência, mas seu bom-gosto em relação às imagens que escolhia para passar o tempo era inegável.

Sorrindo à lembrança de que ficaria pelo menos quinze dias sem aturar os resmungos de Parker, Minnie sentou-se em frente à tela e acariciou preguiçosamente, num canto, um ícone muito pequeno sob a forma de caranguejo que trazia o nome Ulisses. Imaginou, satisfeita, o barulho que ele faria se soubesse que outra pessoa estava mexendo em uma das maiores fontes de dor de cabeça para a equipe. Aquela era uma dimensão perdida por acidente e ninguém ali se conformava com a derrota de não conseguir mapeá-la.

O que viu a seguir a deixou tão espantada que, por um momento, tremeu diante da evidência: um barulho ritmado tomou conta da sala e, como se timidamente, letras surgiram no canto da tela: ULISSESCONTATOULISSESCONTAT...

Sem que Minnie tivesse percebido, um homem bem mais velho havia entrado na sala, sacudindo a bela cabeleira branca. Era Zus, o chefe, o idealizador daquele prodígio, o homem que convencera empresários e governos a investir no sonho de manter uma estação girando no espaço, autossuficiente e conhecida por poucos.

– Minnie, o que foi? Você parece que viu um fantasma! – Zus se aproximou dela, brincalhão.

– Zus, você não vai acreditar! O sinal, Zus! Localizei Ulisses.

– Ora, é isso? Parker já localizou há muito tempo esse rapaz. Ele está numa ilha, parece que guardado a sete chaves por uma mulher extraordinária. Pelo menos uma vez por mês ele tenta contato, há anos.

– Como vocês puderam abandoná-lo, Zus? Eu acreditando que o coitado estivesse morto!

– Minnie, Parker detesta esse sujeito. Insubordinado, irreverente, sem a menor noção de hierarquia... o prejuízo que ele nos deu... tivemos de recomeçar o contato com essa dimensão quase que da estaca zero, terra arrasada.

– Mas não foi só ele, Zus. Foram os outros membros da equipe que permitiram a destruição do protótipo que Parker criou. Esses sim, foram levianos.

– E pagaram com a vida, naquele acidente horrível. Mas o seu protegido, Minnie, era o líder. Devia ter mantido a disciplina entre os subordinados.

– Zus, isso não é motivo para não fazermos contato, para deixarmos o rapaz perdido entre dois mundos. Podíamos ter enviado uma mensagem, indicado a ele como voltar. Ele tem família, tem suas raízes. Não é justo.

Zus passou as mãos nos cabelos, gesto muito seu quando estava dividido sobre qual caminho seguir. Parker detestava o brasileiro que assumira a chefia da expedição havia dez anos, quando eles procuravam elementos inteligentes e corajosos o suficiente para implantar o projeto Dimensão, a partir do Oriente Médio eternamente em conflito.

Não detestava à toa, todos tinham de admitir. O rapaz se descuidara e um barco de pesquisa, o Ciclope, havia sido destruído no Mediterrâneo, prestes a fazer contato com o lado de lá. Anos de trabalho postos fora.

Era assim que o projeto funcionava. Quando as pesquisas indicavam que em algum lugar do planeta era possível contatar um mundo diferente, eles, geralmente Zus, às vezes Minnie, começavam a recrutar uma equipe pequena para investigar o local, diretamente. Tudo muito secreto, idas e vindas monitoradas no maior cuidado.

Miguel fora contratado por uma empresa que servia de fachada para o Arbor 10.000 porque era um engenheiro recém-formado em oceanografia, e seu longo contato com o mar desde a infância parecia indicar que seria um bom líder para a exploração do arquipélago identificado por Parker. Se aproximaria do limiar com o Ciclope e exploraria as ilhas.

Em vez disso, Miguel, o comandante, não percebera que o piloto do barco estava bêbado e mudara o rumo, invadindo a enseada onde terroristas miravam um alvo militar. O barco fora pelos ares.

Isso Parker não perdoava. Por isso não respondia às mensagens desesperadas que Miguel mandava sempre que podia, prisioneiro de outra realidade.

Zus sabia de tudo isso, e sabia como Parker era rancoroso e ranzinza. Por outro lado, a palavra justiça era muito cara a Minnie. Ela não sossegaria enquanto não respondessem à mensagem.

– Bom, de qualquer forma, nós não podemos tirá-lo de lá. Ele teria de achar o caminho sozinho. E não seria fácil. – Zus tentou consolar Minnie, sua auxiliar preferida.

– Não podemos tirá-lo, mas podemos mandar uma mensagem indicando como sair. Hermes poderia fazer isso – insistiu Minnie.

– Parker vai ficar furioso – hesitou Zus, não resistindo, porém, ao olhar desconsolado de Minnie. – Ah, como vocês, mulheres, são teimosas! Maldita hora que você mexeu nesse caranguejo e descobriu o pedido de socorro. Eu vou deixar Hermes estabelecer o contato. Só um e tem de ser antes de Parker voltar. Depois, Miguel que se vire.

– Pense na felicidade da mulher, do filho, quando ele conseguir voltar para casa. – Minnie quase abraçou o chefe, feliz com a concessão.

– Se ele conseguir voltar. Não esqueça que, da dimensão em que ele está para a nossa, os perigos são tremendos. E ainda tem o problema da idade.

Zus, quando desistira de levar uma vida normal e aceitara viver fora do tempo, era um homem de seus cinquenta anos, um cientista experiente. Pela contagem normal, teria mais de cem agora, mas ali idade quase não contava. Ninguém envelhecia naquela equipe, porque eles estavam situados num limiar que não dependia dos dias comuns. Fora esse o primeiro maravilhoso segredo que eles haviam descoberto. E vivenciado. O tempo, no sentido que as pessoas acreditavam, não existe por igual. Nem dentro nem fora da mente humana.

Eles não sabiam o que acontecia com o tempo na dimensão em que Miguel estava. Podia ser que ele ainda continuasse um garotão de vinte e quatro anos. Podia ter-se tornado um velho de setenta. Na volta, teria de passar por áreas nunca navegadas anteriormente por seres humanos. Quais seriam as consequências sobre o seu corpo, o seu espírito, a sua mente?

Olhando para Minnie, que o encarava em expectativa, Zus soube que não adiantavam seus argumentos. Ela, desde o início, tinha uma simpatia especial por aquele bobo alegre do Miguel. A única opção era chamar Hermes e esperar que tudo desse certo. Antes de Parker voltar.

O DESAFIO

Miguel, mais uma vez, examinava o sintonizador com formato de caranguejo que tinha nas mãos. A ironia daquele objeto não lhe saía do pensamento. Um animal que anda para trás, como ele fizera ao nadar para a ilha, perdida numa dimensão qualquer, ignorada por todos. Lágrimas enchiam seus olhos. Quanto tempo perdido naquela maldita ilha, o tempo que ele pensava serem apenas dias, prisioneiro de Sicorax, consumindo as frutas tão atraentes, saborosas e enganadoras.

As roupas com que chegara à ilha tinham se desfeito e a barba crescera, mais um sinal de que ele estava ali aprisionado fazia muito tempo.

Por isso, ele chorava. De saudades de Clarice, de Técio, de Bá, de seu pai, que talvez nem mais existisse.

– Idiota, mil vezes idiota, por que eu não percebi antes que não era normal me lembrar cada vez menos das coisas? Que dormir tanto não era do meu feitio e que aquelas frutas eram boas demais?

Chorar só não adiantava, ele sabia disso. Desde que conseguira se lembrar para que servia o caranguejo de metal que sobrevivera ao naufrágio do Ciclope e o código de acesso ao Arbor 10.000, ele gastava o dia tentando contato com o projeto e seus cientistas.

Mal dormia, pois durante a noite tentava convencer Sicorax a deixá-lo partir. Era esse o nome do lagarto. Era também o nome da linda mulher. Pois eram o mesmo ser. Humana à noite, um bicho imenso e esguio durante o dia, ele descobrira desde que deixara de consumir as malditas frutas que adormeciam sua memória e sua vontade.

Ela não queria ajudá-lo. Dizia que não podia fazer nada, não sabia onde estava a saída do seu mundo para o dele. Chorava também a sua solidão naquela ilha. A metamorfose que não controlava. Para ela, era divertido ter companhia, Miguel era bonito, se ele esquecesse o passado ficariam os dois ali, podiam até criar uma prole, saudável e de dupla espécie.

A sugestão horrorizava Miguel. Não queria filhos ilhéus que fossem metade do tempo répteis e metade humanos, por mais bonitos que fossem. Será que ela não percebia que a ele só importava voltar para sua casa, sua família, sua vida? Como era antes, pesquisando as coisas do mar, surfando em suas ondas, tocando violão para a mulher e para o filho.

Ela não entendia, é claro. Não tinha noção do que fosse prancha de surfe, pesquisa oceanográfica, violão. Como poderia, parada naquela dimensão, afastada de tudo e de todos? Seu grande sonho, o de um náufrago qualquer aparecer para lhe fazer companhia, se realizara. Era o bastante para ela.

Desesperado, Miguel tentava contato todas as manhãs. Para sua surpresa e felicidade, a sorte finalmente lhe sorriu. Nas costas do sintonizador, apareceu a face de Hermes.

– Você é um sujeito de sorte. Minnie conseguiu convencer o chefe de que você merece outra chance.

– Sorte?!! Há um século que eu mando mensagens para vocês e ninguém responde...

– Um século? Não exagere. Nessa dimensão, cada dia corresponde a um ano. Dez anos. Não faz tanto tempo assim.

Miguel se calou, horrorizado. Dez anos! Seu filho estava crescido, Clarice não o reconheceria...

– Vocês não podiam ter feito isso comigo. Deviam ter, pelo menos, respondido às minhas mensagens.

– Respondemos agora, é o que importa. Se você conseguir um transporte para sair daí, navegue sempre meridionalmente. Na posição 46°36'S, 37°54'E existe uma dimensão mais próxima da qual você partiu.

Miguel, desesperado, tentou obter maiores informações, mas a imagem já sumia:

– Ah, um último aviso: você tem no máximo uma semana para conseguir fazer a ultrapassagem.

– Por quê? – angustiou-se Miguel.

– Porque Parker volta para a base, e aí você nunca mais sai – respondeu Hermes.

– Mesmo que eu arranje um meio de sair daqui, vou me perder, não tenho nenhum instrumento que me guie.

– Ah, isso? Bobagem. Confira direitinho sua perna direita. No implante tem tudo o que você precisa. Como você complica as coisas... – zombou Hermes antes de sumir.

***

Era a terceira vez que Técio tentava fazer o exercício, mas seus dedos não obedeciam. Não conseguia se concentrar, era esse o problema. Saber que estava desapontando MM não ajudava em nada, ele estava prestes a se tornar um fracasso, e seu mentor musical perceberia isso. Logo.

– Assim não adianta, cara. Acho melhor você me contar o que está havendo e a gente marca outra aula.

– Minha mãe talvez case de novo – confessou Técio, aliviado por poder desabafar.

– Ora, é isso? Não adianta você se preocupar com essas coisas. A minha já casou três vezes depois que se separou do meu pai.

– E você se dava bem com os caras? – perguntou Técio, espantado com o número.

– O primeiro, eu era pequeno ainda. Parecia um cara legal, mas, pelo que ouvi dizer, era meio ciumento, terminaram por isso. O segundo nem chegou a ser um casamento, pelo menos não do jeito que a minha mãe entende, ele queria ficar na casa dele, com os filhos dele – era separado, também –, e ela não aceitava essa ideia de jeito nenhum. – MM afinava um violão, despreocupado, enquanto contava.

– E o terceiro? – Técio agora estava curioso.

– O terceiro, ela acabou de se separar dele. Ele conseguia que minha mãe ficasse contente, o que já era uma grande coisa. Parou de sentir dor de cabeça, gritar por qualquer coisa, só falar em problemas. Mas não deu certo.

– Meu caso não é tão simples assim. Minha mãe é casada, MM. Meu pai desapareceu numa expedição oceanográfica no meio da guerra do Oriente Médio. Houve uma explosão, mas o corpo nunca foi encontrado. E o cara que pretende casar com ela é um sujeito insuportável, um idiota, arrogante.

– E ela gosta dele? As mulheres às vezes fazem besteira quando estão sozinhas. Tristes – disse MM, como se fosse um velho experiente, e não um guitarrista talentoso de apenas dezoito anos.

– Aí é que está o problema. Eu acho que não gosta, mas o cara começou como sócio do meu pai, e hoje ele e os amigos são donos de tudo, inclusive do apartamento em que a gente mora. Tenho a impressão de que ele está meio chantageando minha mãe. E, além disso, tem o testamento – desabafou Técio.

– Testamento, chantagem, desaparecimento, bigamia... Acho que é bom você me contar a história toda – decidiu MM.

Satisfeito de ter alguém com quem discutir aquela situação estranha, Técio começou a falar. Do pai, do qual ele mal se lembrava, do tio-avô e do testamento absurdo, do barco destruído por terroristas. Em algum lugar na entrada do golfo Pérsico.

– Isso está parecendo filme. Seu tio-avô pode ter mandado matá-lo. Não, isso seria pessoal demais. Será que seu pai não sofreu alguma lavagem cerebral e está prisioneiro dos terroristas até hoje? Ele pode ter sido cooptado por uma potência estrangeira e estar servindo como espião em algum lugar do mundo. Você diz que ele era um atleta, um sujeito cheio de energia e iniciativa... Quem sabe, obrigaram ele a trocar de identidade... – MM estava excitado com as perspectivas que sua mente fértil abria sobre o caso.

Técio começou a ficar tonto com todas as possibilidades. Desconfiado, se perguntou se MM não estaria lendo revistas em quadrinhos demais. O amigo – àquela altura já deixara de ser apenas um mentor musical, passara a ser um amigo – andava agitado pelo quarto, encantado com as hipóteses.

– Você disse que seu pai estava no cenário da guerra porque foi contratado por uma empresa estrangeira para uma pesquisa oceanográfica. E se essa empresa for apenas uma fachada para um plano expansionista de dominar o mundo? Você precisa investigar como foi que isso aconteceu mesmo, de verdade. Alguém deve ter alguma informação.

– Me lembro que meu avô, o pai de meu pai, antes de morrer, me disse ter tentado de tudo para achá-lo. Só faltou falar com um colega dele que ainda não tinha voltado para o Brasil. Não sei se resolveu passar uns tempos no exterior. Participou da mesma expedição, mas não estava no barco que explodiu, ninguém sabe direito o que aconteceu. Acho que hoje ele está no Brasil. Minha mãe falou um dia desses que, se ele não morasse tão longe, ela iria visitá-lo. Ele vive retirado, num sítio, com a mulher e os filhos, há alguns anos. Em São Tomé das Letras.

– É esse! Temos de achar o cara – MM estava excitadíssimo com o que vislumbrava da conspiração. Só podia ser uma conspiração. – Perfeito. Podemos procurá-lo esse fim de semana. Eu cancelo minhas aulas de sexta-feira e nós vamos.

***

Clarice chegou em casa tarde, a cabeça doendo um pouco por causa do chope que não estava acostumada a tomar. Ao acender a luz da sala, lembrou-se de Miguel, do tempo em que ele preparava para ela o jantar, gelava o vinho ou fazia um drinque exótico, dos que ele conhecia nas suas viagens pela rota do surfe. "Um dia, nós vamos a Bali, gata, ou então ao Havaí, você vai adorar as ondas." Ela nunca pôde acompanhá-lo. A gravidez aos dezesseis anos, a amamentação de Técio, a falta de intimidade com o mar.

Mesmo assim, eles se divertiam um bocado. Ela sentou no sofá, pegou um instantâneo emoldurado, ela, Miguel e Técio juntos numa praia nordestina, férias. O jipe que ele tomara emprestado, como emprestado fora o dinheiro para a gasolina e para as despesas essenciais. Os três acampados numa ilha, só apareciam ela e o menino de dois anos na foto, Miguel estava com a máquina na mão, rindo para a sua família.

"Ele cuidava da gente", pensou Clarice, revoltada com os comentários que escutara de Serguei naquela noite. "Só um

idiota preconceituoso como ele podia achar que Miguel estava atrás da minha herança quando casou comigo. Miguel nos amava, se ele estivesse vivo estaria aqui..." Clarice chorou, abraçada à foto, no arrependimento de ter aceitado o convite de Serguei para saírem e tomarem um chope depois do trabalho, na tristeza do desaparecimento do marido.

Chorando, não escutou os passos de Bá, só se deu conta da sua presença quando a velha empregada estava ao seu lado e, sentando-se junto dela, começou a lhe acariciar os cabelos.

– Ele vai voltar, tenha fé que ele volta. Técio foi atrás do rastro, tenho certeza que Miguel está voltando para casa.

– Técio?! Bá, o que foi que você fez? Eu não posso perder meu filho também! – Clarice gritou em pânico, correndo para o quarto de Técio, seguida por Bá, com seu passo arrastado.

Seus piores temores se confirmaram. O quarto estava vazio. Abrindo os armários, Clarice constatou a falta da mochila de viagem. E da guitarra.

– Para onde Técio foi, Bá? Ele levou a guitarra e as roupas. Como foi que você permitiu isso? Fala! – Clarice sacudiu, sem contemplação, a velha já em lágrimas.

– O menino não foi sozinho, foi com aquele amigo dele que parece maluco mas é um bom garoto – defendeu-se a fiel servidora, que estava com a família fazia mais de quarenta anos. – Ele foi procurar a última pessoa que viu o pai dele. Técio está certo, Clarice, ninguém pode entregar o que é seu sem luta. A guitarra ele vendeu; quando o pai voltar, compra outra.

– Mas entregar o quê? Do que é que você está falando?

– Desses urubus que estão correndo atrás de você. O tal de Edgar pedindo você em casamento, agora o Serguei, que nunca prestou, nem no tempo que estudava com Miguel, o outro que ligou no outro dia, aquele nojento do Olímpio. – Bá endureceu a voz referindo-se aos três.

– Bá, Edgar fez uma proposta, só isso. Eu não sou obrigada a aceitar. Os outros, bem, só estão tentando ser gentis. – Vendo a expressão de pouco-caso de Bá, Clarice consertou: – Está certo, eles podem ter algum interesse em mim...

– Eles estão interessados é na herança. A sua. A que é de Técio. Ele tinha de ir atrás do pai, Clarice. Para que você possa receber o dinheiro e ter seu marido de volta.

– Miguel está morto, Bá! Morto – Clarice gritou, a cabeça estourando de dor.

– Miguel está vivo! – Com essas palavras, Bá se retirou do quarto, tateando pelas paredes, muito mais velha e cansada do que o habitual.

***

Na ilha, à noite, Miguel preparou um luau para Sicorax, tomando cuidado ao fazer um corte transversal em cada fruta para retirar a pequena mancha que guardava o filtro do sono e do esquecimento. Ela lhe explicara que, por isso, logo na sua chegada ele havia perdido as lembranças. Ao descobrir o perigo do sabor maravilhoso, Miguel tomou quase asco pelas frutas. Por mais deliciosas que fossem.

Sicorax chegou-se a ele com seu jeito macio de ninfa, o andar bamboleante que ela não perdia mesmo quando se transformava, à luz do sol, num horrível lagarto. Era bonita, a danada, Miguel reconhecia, apreciando os cabelos negros, os olhos maliciosos, as mãos de dedos compridos, os pés sempre descalços, a altura incomum numa mulher.

Ela sentou perto dele e escolheu uma fruta não cortada. A Sicorax não importava a memória, presa para toda a eternidade naquela dimensão. Ele sabia que não tinha muito tempo, em mais três ou quatro horas nasceria o sol, e o lagarto não poderia lhe informar o que ele queria saber.

– Você está diferente hoje, Miguel. – Ela passou a mão no rosto, inclinou-se para beijá-lo. – Como um pescador que está prestes a pegar o maior peixe da sua vida.

Miguel desviou o rosto e segurou a mão dela com firmeza.

– Daqui a algumas horas pretendo sair desta ilha, e estou contando que você me ajude.

– Nunca. – Sicorax se afastou revoltada. – E, mesmo que eu ajudasse, você se perderia no mar, sem saber por onde voltar para o seu mundo.

– Eu sei como voltar. Recebi a mensagem de um amigo.

– Amigo? Foram seus amigos que o lançaram aqui. Saber para onde ir não basta. Você precisaria de um guia.

Miguel pegou a mão dela, aquela linda mão, e levou até o ponto em sua perna direita que havia sido cortado pela mesma faca que cortara as frutas. Incrustada na ferida, dentro da carne, a bússola.

– Não vá, fique comigo – desesperou-se Sicorax, ao ver que ele já tinha como se guiar no mar. – Você está jovem como quando chegou aqui, é belo, se sair vai passar por perigos terríveis, não conseguirá chegar nem perto do lugar de onde veio sem antes visitar o Mundo Oculto.

– Mundo Oculto? – Miguel agarrou Sicorax pelos braços. – Então você sabe o caminho. Você pode me ajudar.

– Não sei. Sei apenas que o lugar mais perto passa por lá. E alguém, um deles, o velho cego que já foi homem e já foi mulher, é o único que sabe como fazer o restante da travessia.

– Eu construí uma jangada, passei o dia derrubando troncos para fazê-la, tenho chances de atingir o limiar. Se você me disser como encontrar esse homem, eu posso voltar para a minha família.

– Não. Eu não vou ajudar alguém que despreza minha beleza, que dispensa o meu amor – teimou Sicorax.

– Eu não desprezo e não dispenso nada. – Miguel, impaciente, tentava fazer-se entender. – Eu só quero voltar para minha vida, para o meu mundo.

– Um beijo. Pelo menos um beijo. É tudo o que eu preciso. Você não pode recusar.

Por instantes, Miguel hesitou. E se o beijo dela fosse irresistível como as frutas? E se fosse alguma coisa que o impedisse de seguir adiante, de tomar o seu caminho de volta? Um beijo pode levar a outro e a outro e enfraquecer a vontade, ele considerou pensativo.

Ela esperava o efeito de sua condição. Miguel estendeu os braços, levantou Sicorax e a abraçou, com medo, reunindo dentro de si toda a autoconfiança que permitiram, no passado, que ele enfrentasse as ondas quando surfava.

– Um beijo só e você me ajuda, promete?

– Juro – respondeu Sicorax sorrindo.

ALIADOS E INIMIGOS

Em São Tomé das Letras, Técio e MM chegaram em frente ao portão do sítio em que, segundo informações, morava o antigo colega de seu pai. O caseiro veio atender, um homem baixote e atarracado que tratou os dois jovens com cortesia.

– Vocês chegaram na hora certa. Seu Valério e dona Ariadne estão dando uma festa. Você falou que seu pai é amigo dele?

Técio confirmou com a cabeça, sem coragem de dizer que seu pai talvez tivesse sido amigo dele, um dia, pois podia estar morto. Ele gostaria de ter a segurança de MM, que, com seus óculos de sol de lentes metalizadas, a cabeleira desgrenhada, o pulôver abóbora, as calças jeans velhas e o tênis verde, não dava a mínima para o ar de espanto das pessoas bem-vestidas que estavam na sala em torno do anfitrião.

– Valério de Sá é o senhor, não é? Muito prazer, meu nome é João Márcio, mas prefiro ser tratado por MM, mentor musical – disse MM, apertando a mão do dono da casa. – Este aqui é meu amigo Técio, filho de Miguel, seu colega de estripulias oceanográficas na juventude.

O barulho de copos se espatifando assustou a todos. Era Ariadne, a esposa de Valério, que desmaiava, derrubando a bandeja de copos que trazia nas mãos.

As explicações tiveram de esperar Ariadne voltar a si. A curiosidade dos convidados foi, educadamente, desviada dos estranhos visitantes. Uma morena bonita de seus vinte anos, filha adotiva do casal, se encarregou de servir comida e bebida aos dois enquanto a mãe, Ariadne, se recuperava.

– Não reparem, ela já volta para conversar com vocês. Minha mãe se sente meio culpada por não ter deixado meu pai acompanhar o seu na última viagem. Ela pegou um avião, foi até lá, fez um banzé mandando ele escolher entre ela e a expedição. Não sei por que a culpa, se não fosse por isso, ele também estaria morto, não é mesmo?

Com esse comentário, a moça se afastou para dançar com o namorado. Técio, desiludido, começava a sentir a inutilidade da viagem, quando Valério sentou ao seu lado.

– Então você é o filho de Clarice e Miguel? Bom conhecê-lo. Você é igualzinho ao seu pai quando jovem. O mesmo tipo físico, os mesmos músculos. Gosta também de violão e do mar?

– Estou aprendendo a tocar guitarra, quer dizer, estava, precisei vendê-la, mas isso não é o mais importante agora...

– Seu pai foi uma das pessoas mais espertas e mais alegres que eu conheci, sempre aberto para a vida, disposto a correr riscos. – Ariadne, recuperada, se aproximava do grupo.

– A senhora tem certeza de que ele morreu mesmo? – perguntou MM.

– Que outro motivo haveria para ele não voltar depois daquele acidente horrível? Ainda bem que Valério não os acompanhou – respondeu Ariadne.

– Graças ao meu amor por você, eu não acompanhei meus amigos – Valério acrescentou, nostálgico. – Foi triste aquele dia. Parecia castigo. O Ciclope era um barco tão bem equipado...

Valério se calou diante de um olhar imperioso da mulher.

– Ciclope? Igual ao monstro de um olho só? – perguntou MM interessado, não fazendo caso dos olhares e da interrupção.

– É, esse ciclope mesmo. Foi no monstro mitológico que o doutor Parker se inspirou para criá-lo. Um barco de pesquisa – admitiu Valério, cansado. – O piloto errou na condução, o cientista, furioso, alegou que ele estava bêbado, que seu pai havia permitido uma farra a bordo. O barco entrou no lugar errado e PUM! Foi destruído. Morreram todos.

– Inclusive Miguel. Tão bem-humorado, sempre com boas ideias para a gente se divertir... – suspirou Ariadne, controlando-se diante do olhar ciumento do marido.

– Nenhuma chance de meu pai ter sobrevivido? – perguntou Técio, angustiado.

– Àquela explosão?!! Impossível! – afirmou Valério, peremptório. – Na nossa realidade ninguém escaparia.

– Na nossa realidade? O que o senhor quer dizer com isso? – perguntou de imediato MM.

Nova troca de olhares entre marido e mulher. Valério foi quem respondeu, enquanto Ariadne preparava um coquetel de frutas para Técio e MM, acrescentando um pouco, muito pouco, de álcool. "Esses meninos estão sérios demais", era o pensamento dela.

– Besteira minha. Me lembro que a equipe que nos contratou acreditava em outras realidades, uma coisa meio fantástica de mundos paralelos, perdidos no tempo. Seu pai conversava muito com uma pessoa da equipe, tinha um nome de personagem de revista em quadrinhos... – Valério se esforçou para lembrar, acabou desistindo. – Como era mesmo o nome dela, Ariadne?

– Minnie – Ariadne respondeu com secura, enquanto entregava os copos a Técio e MM. – Uma mulher morena, dura, só preocupada com trabalho. Era encantada com seu pai, Técio. Era o preferido dela.

– E onde eu encontro essa mulher? Ela pode ter alguma pista do que aconteceu com meu pai... – Técio via naquelas informações uma esperança.

– Ninguém sabe. Eu tinha desistido do trabalho, viajei sozinho com Ariadne para os Estados Unidos no dia seguinte à explosão. Ninguém escapou, Técio. Tire isso da sua cabeça – insistiu Valério.

– Sim, mas e a equipe que contratou vocês, a que levou vocês para o cenário da guerra e o tal doutor Parker, o inventor do barco? Deve ser possível achá-los. – MM era teimoso, qualquer indício de conspiração o colocava imediatamente em órbita.

– Eles nem devem existir mais. Nós não tínhamos contato direto com eles, se é que vocês me entendem. Eles vinham até nós. Como deuses. Tudo muito secreto.

– Eu sabia que havia algum mistério por detrás dessa história – vangloriou-se MM. – O senhor podia ao menos nos dar o telefone, o endereço dessa gente.

– Ariadne deve ter guardado uma agenda que tem um número antigo de telefone, da base deles na Europa. Amanhã ela procura e dá para vocês. Porque é claro que vocês vão dormir aqui – disse Valério.

– Não queremos incomodar – respondeu Técio.

– Não incomodam. Acho bom você ligar para sua mãe, ela deve estar preocupada. E agora venham comer um pouco. Na idade de vocês, comida é muito importante – disse Ariadne.

A anfitriã, não admitindo recusas, levou os dois até a mesa onde dois empregados serviam os petiscos, e Técio e

MM se puseram a experimentar os pratos, cada um mais gostoso que o outro. Uma dúvida não saía da mente do filho de Miguel: se seu pai estivesse vivo, deixaria a mulher e o filho abandonados tanto tempo?

As preocupações de MM eram outras: o que o doutor Parker e a tal de Minnie teriam que ver com o sumiço do pai de seu amigo?

***

Sicorax tinha razão. Era quase impossível fazer a travessia, reconheceu Miguel. Só alguém muito determinado e com muita sorte. Determinação ele tinha. A de voltar para Clarice e Técio, sua mulher e seu filhinho. Devia estar um rapaz, agora, o menino que ele deixara com cinco anos. Seria parecido com ele, magro, alto, cabelos escuros, ou teria ficado baixinho como a mãe? E Clarice, ainda se lembraria dele?

Enquanto tentava resistir às ondas gigantescas que sacolejavam livremente sua jangada de troncos, prestes a engoli-la, Miguel recordava, com saudades, do amor juvenil pela mãe de seu filho. Agarrado ao mastro improvisado, com os olhos fechados para se proteger da água salgada que lhe fustigava os olhos, Miguel recordava, como numa tira de fotografias, os momentos felizes de seu namoro com Clarice.

Ele e Clarice viajando de trem rumo a um acampamento numa praia longínqua e quase selvagem. O trem cheio de recrutas do exército escandalizados e, provavelmente, invejosos dos longos beijos que o casal trocava, apesar das cadeiras desconfortáveis. Clarice enfrentando o mau humor do tio-avô e anunciando que se casaria com o namorado, mesmo com a oposição do velho. Clarice grávida de Técio, muito jovem e muito linda, a barriga pontuda que ela carregava com tanto orgulho. Clarice se despedindo dele, os olhos cheios de lágrimas, no dia da partida para o Oriente Médio. O último beijo.

Beijo lembrava Sicorax, a estranha mulher-lagarto que o aprisionara. Lembrava-se também da dificuldade de convencê-la a ficar por ali, não encompridar o que não teria futuro, porque ele estava decidido a voltar para casa.

Foi muito difícil para Miguel resistir. Não havia testemunhas. Clarice não saberia de nada, eles estavam a sós naquela ilha, em outra dimensão, se ele conseguisse voltar para casa (e Miguel tinha certeza de que voltaria), beijos não deixam marcas, a mulher, o filho, não teriam como acusá-lo de traição.

O problema era que ele saberia. Outro problema, o maior de todos, era a possibilidade de os beijos de Sicorax terem o mesmo efeito das frutas. Adormecer seu desejo de partir, impedi-lo de procurar o caminho do retorno. Além de tudo, o combinado fora um beijo só em troca de sua liberdade, e Miguel sempre levara muito a sério combinações que ele mesmo estabelecia. Especialmente com mulheres.

Mulheres. Esse era um dos perigos no seu caminho, avisara Sicorax, conformada de que o longo beijo no final da noite não traria Miguel para os seus braços. No mar, muito próximo à posição indicada por Hermes, numa ilha só de pedras, mulheres divididas permanentemente entre a forma humana e longas caudas de peixes seduziam os navegantes com seus cantos maravilhosos. Não com o objetivo de trazer os náufragos para sua companhia. – Nesse ponto, Miguel sentiu na voz de Sicorax toda a sua mágoa pela solidão em que vivia. – As sereias daquela ilha queriam apenas atrair a atenção dos homens, provar que os pobres coitados se perdiam a tal ponto pelos seus encantos, que era quase com alegria que se destruíam de encontro às pedras, tentando se aproximar delas.

Quando se aproximava, perigosamente, do ponto em que as encontraria, Miguel, cauteloso, estendeu a mão pelo escorregadio chão molhado de sua jangada e pegou o fruto rugoso no qual Sicorax acondicionara a cera de abelha que poderia salvá-lo e a corda feita de fibras. Encharcado até a alma, cego pelas ondas, Miguel se protegeu dos apelos dos seres que esperavam atrás das ondas: tapou os ouvidos com a cera e se amarrou o melhor que pôde ao mastro. Para resistir à tentação. Para não correr o risco de se entregar, ele mesmo, ao fascínio e à destruição.

O alerta de Sicorax provou-se verdadeiro. Subitamente, cessou a tempestade, o mar ficou liso e calmo, sem ventos, o céu azul, límpido. O fim da fúria dos elementos indicava um limiar, essa fora a primeira lição de Minnie quando, muito tempo antes, ele se incorporara à equipe do projeto Arbor 10.000.

À frente de Miguel surgiu o rochedo, no alto do qual as mulheres mais lindas que ele jamais vira lhe acenavam. O pânico o acometeu ao sentir dentro de seu coração que, mesmo que depois fosse destruído, desejava lançar-se nos braços daquelas mulheres.

A cera nos ouvidos impedia que ouvisse seus chamados, mas não que visse a beleza incontestável. Louras, morenas, negras, eram todas lindas, eram tudo o que ele – e antes dele milhares de navegantes – imaginavam como modelo de beleza feminina. Miguel já tentava soltar as amarras que ele mesmo havia prendido no mastro da precária jangada, esquecido de Clarice, de Técio, do seu desejo de voltar para sua casa e para seu mundo, quando o vento voltou a soprar, leve no começo, depois mais forte, e arrastou a embarcação para o outro lado do rochedo.

Tonto, quase desamarrado, Miguel, em pânico, viu surgir o limiar do qual um dia Minnie falara e, na véspera de sua partida, Sicorax também. Como se descesse um degrau no mar, ele se sentiu caindo, nas profundezas das águas, tragado.

Seu último pensamento foi o de que não adiantara resistir aos encantos da mulher que o aprisionara na ilha, nem aos encantos das sereias no rochedo. Seria sepultado nas águas, sem ter ao menos o consolo da bela companhia.

***

Era manhã. Bem cedo. E Ariadne discava para a casa de Clarice, torcendo para encontrá-la e resolver aquela situação de uma vez por todas. Queria aproveitar que os dois rapazes estavam dormindo. E Valério. E os empregados.

– Alô, Clarice? Que sorte encontrar você. Aqui é Ariadne, mulher de Valério... há quanto tempo, hein?... Surpresa você vai ter agora... seu filho está aqui em nossa casa. Veio nos procurar em busca de notícias do pai.

Ariadne escutou atenta as preocupações de Clarice sobre a viagem de Técio, sobre a qual ela não fora consultada. Percebeu de imediato que a mãe, provavelmente influenciada pela iniciativa do filho, começava a alimentar esperanças infundadas.

– Eu entendo sua saudade, mas, Clarice, você precisa resolver sua vida, reconstruí-la, Miguel está morto, ninguém sobreviveria àquela explosão!

Sem que Ariadne percebesse, Técio e MM, acompanhados de Valério, escutaram suas últimas frases.

– A senhora se incomoda que eu fale com minha mãe? – perguntou Técio, frio.

Ariadne, sem graça, despediu-se rápido de Clarice e entregou a ele o telefone.

– Oi, mãe, desculpe o sumiço. – Técio escutou as broncas da mãe, sem reagir. – Estou indo para casa, agora. Foi bom eu ter vindo. Eles vão me dar o telefone da empresa que contratou meu pai e Valério há dez anos. Não se preocupe, mãe, hoje mesmo estou aí.

Fez-se um silêncio desconfortável quando ele desligou. Técio foi o primeiro a rompê-lo.

– Acho que está quase na hora do nosso ônibus. A senhora ficou de dar o número ontem à noite, lembra?

– Não acho uma boa ideia você desenterrar essas coisas. Esse número pode nem existir mais. A empresa pode ter acabado.

– Ariadne, dá o telefone para os rapazes. Eles ligam, depois resolvem o que fazer – ordenou Valério.

Com uma expressão indisfarçável de contrariedade, Ariadne pegou na gaveta do móvel em que ficava o telefone uma velha agenda e anotou num pedaço de papel um número.

– A gente procura quem? – perguntou MM.

– Sei lá. Acho que a tal de Minnie. Na nossa época, ela nunca estava, era preciso deixar recado e esperar retorno – respondeu Ariadne.

– Nós ligamos quando chegarmos em casa – decidiu Técio. – A gente entra em contato se tiver alguma notícia.

Ariadne se despediu fria dos dois rapazes, apesar da desaprovação flagrante do marido, que ia acompanhá-los até a rodoviária. Ela não foi nem ao portão do sítio vê-los sair, como fazia habitualmente com as visitas. Esperou alguns minutos até que o barulho do carro se distanciasse e pegou novamente a velha agenda.

– Tem de estar aqui – murmurou consigo mesma, impaciente. – Ah, é esse o número, tenho certeza.

Ela discou e esperou, batendo o pé, que alguém atendesse do outro lado.

– Olímpio, você não vai acreditar quando eu disser quem está falando. – Uma expressão deliciada tomou conta do seu rosto. – Puxa, você reconheceu minha voz!

– ...

– Não posso demorar ao telefone. Valério deve estar voltando, e ele não suporta você. Desde aquela época. Eu só liguei para avisar que o filho de Miguel esteve aqui e levou o telefone da empresa. Se ligar para lá, ele vai acabar descobrindo tudo.

– ...

– Hoje mesmo ele chega em casa. Acabou de sair, deve pegar o próximo ônibus.

Ariadne dessa vez tomara o cuidado de conversar de frente para a porta, evitando ser novamente surpreendida por ouvintes indesejados. Foi assim que pôde mudar de assunto antes que a filha escutasse a conversa.

– O senhor está avisado. Cuidado para não perder a freguesa! – dizendo isso, Ariadne desligou o telefone aparentemente furiosa.

– Que irritação é essa, mamãe? Com quem você estava falando? – perguntou a moça, curiosa.

– Com o incompetente do açougueiro. Não gostei da carne que ele mandou ontem. Seu pai ainda não voltou, não é? Vamos nós duas para a piscina?

Ariadne envolveu a filha com o braço, suspirando aliviada. Avisara Olímpio, dera um conselho sensato a Clarice, despachara Técio e seu estranho amigo para casa. Agora, o problema era deles. Resolvessem da forma que achassem melhor.

***

No Rio, no escritório da empresa que um dia fora de Miguel, Olímpio desligou o telefone, pensativo. Aquele moleque do Técio estava se revelando um estorvo. Se ele entrasse em contato com a empresa que um dia contratara Valério e Miguel para a expedição, poderia descobrir que ele, Olímpio, fizera a intermediação do contrato e que havia uma possibilidade, remota, é verdade, de o pai estar vivo. Se fosse para valer a hipótese levantada pelos cientistas.

Dez mil anos, era o que os cientistas calculavam que poderia ser investigado em dimensões paralelas. Olímpio lembrava bem do entusiasmo de Miguel com o projeto. Espaços onde sobreviveriam seres aos quais se atribuía uma existência mitológica. Zus e sua equipe não acreditavam em fantasia. O relato sobre seres e lugares espantosos seria autêntico, apenas desacreditado. Cabia a eles provar que as dimensões paralelas, contadas há muitos séculos pelos poetas e sonhadores, existiam.

Olímpio não podia permitir que o pirralho chegasse perto da verdade. Clarice já estava quase convencida a entrar com o pedido para o juiz homologar o desaparecimento. Feito isso, ela estaria livre para casar de novo e tomar posse da herança. Seria uma mulher rica, e ele podia ser o escolhido.

Ariadne fizera bem em avisá-lo. Havia dez anos, vinte e quatro horas antes da explosão que destruíra o barco onde estava Miguel, ele fizera a gentileza de explicar à namorada de Valério o real caráter do trabalho deles. E providenciara a passagem e os meios para que ela chegasse a tempo de tirar o futuro marido da expedição. Ariadne era muito bonita, e sempre conseguia o que queria dos homens com os quais lidava. Ele lembrava bem dessa característica.

Por que não avisara também Clarice? Talvez porque a autoconfiança de Miguel o irritasse desde sempre. Ele não se achava o máximo? Que fosse então pesquisar dimensões perdidas, voltasse para casa rico e famoso e fizesse bom proveito. Foi o que Olímpio pensou na época.

Hoje, ele não pensava mais assim. Ele queria que Miguel não voltasse. Desejava casar com Clarice. Se para isso precisasse passar por cima de seus amigos Edgar e Serguei, passaria. Talvez precisasse também dar um jeito em Técio, o futuro enteado. Não deixaria que ele atrapalhasse seus planos.

Precisava estar na casa de Clarice quando Técio chegasse. Impedir o telefonema comprometedor.

***

Técio e MM chegaram de noitinha ao Rio, e foram direto da rodoviária para o apartamento de MM. Moídos da viagem, mas excitados com a possibilidade de descobrirem, afinal, o que tinha realmente acontecido. Parte da excitação devia-se à fértil imaginação de MM em torno das possíveis consequências da ligação para a tal empresa.

– Acho melhor irmos para minha casa e você ligar de lá – havia sugerido MM.

– A essa hora? O expediente deve estar encerrado. E minha mãe deve estar morta de preocupação comigo – ponderou Técio. – Amanhã a gente liga.

– Hoje. O fuso horário é diferente. No lugar onde fica a base deles ainda é dia. Ligamos e você já chega em casa sabendo alguma coisa mais concreta.

– Essa empresa pode nem existir mais – disse Técio.

– Pode também continuar no mesmo lugar. A gente tenta – insistiu MM.

Ali estavam eles, ligando para o exterior do telefone de MM, Técio escutando as tentativas desinibidas do amigo de fazer contato.

– Hello? I'm talking from Brazil. Mr. João Márcio. I'd like to have some information about a man that worked for you ten years ago. What? No, no... a brazilian employee... an engineer... Miguel de Carvalho Antunes... Ok, I'll wait.[1]

MM começava a se impacientar.

– Esses gringos são mais atolados ainda do que nós... Yes? You've never heard about him? A research boat that was destroyed... Do something for me, please, call Minnie. Yes, just like that one from Mickey Mouse... [2]

MM virou-se triunfante para Técio:

– Sacada de gênio, viu? Foi só falar em Minnie que a funcionária entendeu logo.

MM ouviu espantado o que lhe diziam do outro lado:

– É esse o número. Como é que você sabe? Tudo bem, eu espero.

MM desligou desconcertado e, pela primeira vez desde que Técio o conhecia, ele parecia inseguro.

– O que foi? Conseguiu descobrir alguma coisa? – perguntou Técio.

– Muito estranho. Quando eu falei o nome da tal Minnie, que parece que se chama doutora Minerva, a mulher me disse para esperar e depois comunicou com uma voz de além-túmulo que eu esperasse que ela ligaria para cá. Eles monitoram as chamadas. Ela sabia o número daqui sem que eu dissesse. Não é esquisito?

Os dois se entreolharam assustados.

– Eu devia ligar para minha mãe e avisar que estou aqui – sugeriu Técio.

---

1 Alô, estou ligando do Brasil. João Márcio. Gostaria de obter informações sobre um homem que trabalhou para vocês há dez anos... Como? Não, não... um contratado brasileiro... um engenheiro... Miguel de Carvalho Antunes... Eu espero.

2 Sim? Você nunca ouviu falar nele? Um barco de pesquisa que foi destruído... Por favor, chame Minnie. É, como a do Mickey Mouse...

– Vamos esperar essa mulher ligar, Técio. Não sei não, mas essa história está cada vez mais estranha. Por que a gente não faz um lanchinho enquanto espera?

O apetite de MM era famoso, e Técio, à lembrança disso, sorriu.

– Será que sua mãe não vai achar estranho eu estar aqui, assaltando a geladeira com você?

– Bobagem. Minha mãe hoje vai chegar tarde. É a noite que ela participa de um grupo de meditação transcendental – informou MM.

Os dois se dirigiram à cozinha para providenciar os sanduíches e esperar. Por Minnie, a que tinha o apelido da namorada de um rato de *cartoon*, mas tudo indicava ser alguém muito importante.

***

Na sede do Arbor 10.000 a reunião de planejamento estratégico foi interrompida pela chegada de Hermes, que cochichou com Zus algo muito ruim, pois o grande chefe fez a expressão de fúria que reservava para as notícias catastróficas.

– Minnie, tudo indica que não foi uma boa ideia nós nos envolvermos de novo com o seu protegido. Ligaram do Brasil atrás de notícias dele. Você colocou nossos segredos em risco.

– Protegido de Minnie? – reagiu Parker, seu célebre mau gênio vindo à tona. – Não me digam que, na minha ausência, vocês andaram se envolvendo de novo com aquele... irresponsável do brasileiro, o tal de Miguel.

– Deixe de arrogância, Parker. Pessoas erram, e dez anos é tempo demais para alguém ficar perdido numa dimensão longínqua. Esse telefonema só pode ser um pedido de informações do filho ou da mulher de Miguel – rebateu Minnie.

– Minnie, eu só aceitei que nós recontatássemos Miguel por causa de seus apelos de justiça, mas você já imaginou o quanto nossas pesquisas serão atrapalhadas se a imprensa descobrir o nosso projeto? – Zus perguntou com frieza.

– Você sabe perfeitamente que ninguém, nenhum jornalista "sério" vai acreditar numa pesquisa de dimensões paralelas. Monstros mitológicos não são fatos, eles não vão gastar papel e tinta noticiando ficção. Miguel e a família são de carne e osso.

– Eu proíbo você de entrar em contato com eles. – Parker estava uma fera.

– Você acha que eu dediquei minha vida a essa busca para aturar suas proibições? É claro que vou ligar para eles. Não se preocupem. Ninguém vai nos localizar.

Minnie fez um sinal para Hermes, que, indeciso, consultou Zus com os olhos. O chefe dos chefes, cansado, acenou aquiescendo. Só depois disso Hermes ligou o equipamento de contato e na grande parede surgiu a imagem dos dois adolescentes atracados com sanduíches de vários andares numa cozinha brasileira. O som do rock invadiu o espaço deles.

– Só faltava essa, até esse maldito barulho vamos ter de aturar para que Minnie realize seus impulsos caritativos – resmungou o doutor Parker, apesar de tudo curioso.

Minnie não deu a mínima para o comentário. Tomando o sintonizador da mão de Hermes, ajustou a tradução simultânea e, divertida, assistiu ao impacto que sua voz ampliada acima do som da música causou em MM e Técio.

– Aqui é Minerva, mas pode me chamar de Minnie. Você é igualzinho ao seu pai quando o conheci. Eu me lembro que ele me contou do filho chamado Técio – começou ela.

Os garotos estavam em pânico, os sanduíches abandonados, o refrigerante derramado pelo chão no pulo que deram ao ouvir a voz de alguém que não viam. Para diversão do doutor Parker, que gargalhava com o medo deles, esquecido – graças à oportunidade de divertimento – de sua oposição ao contato. Para evitar que os garotos se assustassem mais ainda, Minnie ajustou novamente o sintonizador, garantindo que eles ouvissem apenas a voz dela, e não todo o som do seu ambiente.

– Onde você está? É algum extraterrestre tentando nos abduzir? – gaguejou MM. – De quem é essa gargalhada sádica?

– Ele deve ser o tal João Márcio, o que telefonou para a nossa base de fachada – explicou Hermes para Minnie.

– Muita audácia desse moleque classificar minha risada como sádica – replicou Parker irritado.

– João Márcio, meu assunto é com o filho de Miguel. Não interfira, por favor – disse Minnie.

– Eu não permito que você confunda meu amigo – MM disse, o mais firme que conseguiu. – E pode me chamar de MM, mentor musical.

– Ele chama isso de música. – Zus riu irônico. – Por essas e outras, eu não me incomodo de me manter jovem e saudável numa dimensão distante. O progresso desse pessoal é muito selvagem.

Parker e Hermes riram em concordância. Era consenso naquele grupo que as realidades virtuais que pesquisavam eram muito mais bonitas, da imagem ao som.

– MM, eu não tenho muito tempo para falar com vocês. Nossa sintonia dura minutos. Eu não sou um ET. Técio, preste atenção, eu estou falando com você aqui da Terra mesmo, num recorte de tempo e de espaço. Seu pai vai lhe explicar tudo quando ele voltar, porque Miguel está voltando. Sei que parece loucura, mas existe muito mais coisa no mundo do que a gente vê.

– Meu pai então não morreu? – Técio não sabia para onde olhar, temeroso daquela voz sem corpo que lhe falava. –

Minha mãe não vai precisar casar com outro homem interessado apenas na herança da gente?

– É o que eu digo. O ser humano não evolui no principal. Esse pirralho, coitado, está sofrendo pelas mesmas mesquinharias que os homens sofrem em dimensões de dois mil anos atrás – constatou dr. Parker, comovido a contragosto.

– Sua mãe não pode casar com outro. O marido dela está vivo. Mas não conte para ninguém. Espere ele chegar. É muito perigoso você demonstrar que conhece tudo isso.

– Nem para minha mãe? – Técio perguntou, inseguro. – Nem para os pretendentes dela? A notícia de que meu pai está vivo poderia detê-los...

– Nem para sua mãe, muito menos para os pretendentes. Deixe que seu pai vai resolver tudo. Ele saberá o que fazer com os pretendentes. Volte para sua casa e fique em silêncio. Faça de conta que acredita que seu pai está morto. É mais seguro.

A voz se calou de súbito, havia acabado o tempo de contato. Técio e MM, aturdidos, não sabiam o que pensar.

***

Miguel acordou no extremo do Oceano, admirado de ter sobrevivido à aparição das sereias e ao tombo no precipício das águas, sua última recordação. Estava numa costa plana, de solo cinza e árvores estéreis, no Mundo Oculto. Inseguro, caminhou desassossegado por ali, até um ponto onde três rios se encontravam. Do lado de uma rocha, arrumou os últimos presentes de Sicorax. Leite misturado com mel, um pequeno frasco de vinho, farinha muito branca e pura.

Imediatamente, viu sombras se aproximarem. O lugar era um verdadeiro cemitério de carcaças, algumas remendadas, outras com expressão de pânico, quase sem relação com o gênero humano.

As figuras em melhor estado eram pigmeus andando em círculo em torno de um homem alto e mascarado e um estranho casal, ele de fraque e cartola, ela com um vestido de roda e decote, dançando ao som do silêncio. Numa edificação alta e disforme, um homem caminhava pelas paredes, envolvido em teias de aranha, enquanto outro, musculoso e de tanga, empunhava uma espada e corria atrás de uma sombra com uma estranha máscara de esqueleto.

– Que diabo de lugar é este? O que o Fantasma, o Mandrake e o Homem-aranha estão fazendo aqui?

Sempre seguindo o conselho da mulher-lagarto, Miguel evitou olhar para as sombras e protegeu com seu corpo os presentes que trouxera sem saber por quê. Ele observava as sombras com medo e as sombras o observavam curiosas. O espectro de um velho cego se destacou do grupo disforme e chegou bem perto dele.

– O que você está fazendo aqui? Não sabe que este é o território dos que já se foram? – perguntou o cego, estendendo a mão, rápido, para o leite com mel.

– Eu estou tentando voltar para casa – respondeu Miguel. – É uma longa história.

– Pode me contar. Eu tenho todo o tempo da existência – respondeu o velho, com uma risada mais assustadora do que seu rosto de pergaminho e sua boca sem dentes.

– Eu saí de casa para realizar um trabalho quando era apenas um jovem, com um filho pequeno e uma mulher bonita – começou Miguel. – Minha tarefa era descobrir se existiam realidades paralelas à que vivia...

– "Se" existiam?!! Quanta pretensão! Você pensava que a única realidade existente fosse a sua? – o cego o interrompeu, enquanto tomava do frasco de vinho e bebia quase tudo. – Ah, a saudade que eu tenho de bebida e comida.

– Quem é você, afinal? E quem são esses cacos que andam por aqui e essas figuras novinhas em folha que parecem ter saído de uma revista em quadrinhos?

– Como você é esperto! Eles realmente estão no que você chama de quadrinhos. Quer dizer, não é bem assim. Os homens que os colocaram nas revistas os copiaram desta terra.

– Vocês recebem visitantes como eu? Sempre?

– Não, meu jovem. Não em carne e osso como você. Umas poucas pessoas que vivem onde você vive, ou viveu, conseguem chegar aqui nos sonhos e levam as recordações para o que você chama de quadrinhos. – O velho riu. – Quadrinhos! Um dia isso já foi chamado de pintura rupestre. Não importa. Aqui temos de tudo, todos os heróis admirados na sua dimensão estão aqui. O que você chama de cacos...

O velho fez uma pausa e misturou na palma da mão o que sobrara do vinho com a farinha, fazendo bolinhos meio nojentos que engoliu com evidente prazer.

– Os "cacos" são seres humanos que foram surpreendidos por essas imagens em sonhos e morreram de susto. Medrosos demais para registrar o que viram, não suportaram a ideia de que poderia existir outra coisa além do que eles enxergavam.

– Ainda não sei quem você é. Aquela que me ensinou a chegar até esta terra me disse que eu encontraria um velho cego que já foi homem e já foi mulher...

– É verdade. Eu subi numa montanha quando era jovem, peguei no sono debaixo de uma árvore e devo ter rolado, sem sentir, para um outro espaço. Acordei mais velho, mais sábio e mais feminino. Um dia, voltei ao mesmo lugar e tudo aconteceu de novo. Ao contrário. Fui, na mesma existência, homem e mulher.

– Há quanto tempo aconteceu isso? – perguntou Miguel, fascinado pelas ideias extraordinárias do velho.

– Tempo? Impossível contar de uma maneira que você entenda. Vou tentar lhe dar uma medida. – O velho se calou pensativo por instantes. – Imagine um mundo onde nada do que você conheceu exista. Um mundo onde qualquer coisa de que você precise tenha de ser inventada e defendida dos incrédulos. Onde só existam a terra, o mar, as florestas, os animais, inclusive o homem, e os sonhos. Você consegue imaginar isso?

– Consigo – respondeu Miguel. – Um mundo onde existem todas as dimensões, menos a minha, que foi construída pelo progresso.

– Mais ou menos isso. Sua dimensão de progresso, como você chama, para ser construída, teve de afastar as outras. E agora, gente como você se perde no caminho de volta para casa. Não é engraçado? – riu o velho.

– Para mim, não – disse Miguel, sentindo a cabeça tonta com os comentários do outro. – Você pode me ensinar o caminho de volta? É verdade que você pode ver em todos os mundos?

– Eu posso ver. Tenho esse dom e ele já me causou muitas encrencas. Uma vez, eu vi que um rei tinha casado por acidente, sem saber, com a própria mãe, e ele quase me matou porque eu não queria desvendar o mistério...

– Eu imagino que suas experiências devem ser interessantíssimas... – atalhou Miguel, vendo pelo canto do olho a aproximação de uma sombra de expressão sinistra e de olhar esbugalhado. – Mas, se você é capaz de ver, me diga como voltar para casa.

– Como a juventude é impaciente – resmungou o velho. – Apesar de que, tenho de avisar, a primeira coisa que você vai perder na travessia é a juventude. Ninguém volta daqui

com a mesma idade, o mesmo corpo, a mesma mente. Você tem certeza de que deseja voltar?

– Claro que tenho. Eu amo minha mulher e meu filho, e estou cheio de viver entre lagartos, sereias e frutas envenenadas – afirmou Miguel.

– Eu acho que tem tudo isso no seu mundo, mas você é que sabe. – O cego pegou a mão de Miguel entre as suas, transparentes e geladas. – Se você não voltar rápido, vai encontrar sua mulher casada com outro. Seu filho acaba de descobrir a verdade a seu respeito e corre perigo por isso. Seu pai não existe mais. E os que você pensava que são seus amigos estão neste momento tentando tomar o que é seu. Pronto, viu como a verdade é difícil de suportar?

– Mas eu consigo. – Miguel tentou controlar seu desânimo. – Como é que eu saio daqui?

– Você tem de voltar para o Oceano com essa jangada velha que o trouxe e atingir o outro extremo. É a última dimensão. Num estreito entre imensos rochedos, de um lado encontrará um gigantesco polvo e do outro um redemoinho de água fervendo. Tente ultrapassar pelo lado do monstro, da temperatura do redemoinho você não escapa.

– E do polvo, dá para escapar? Ele é manso?

– Manso? Um monstro marinho manso? O que é que você tem na cabeça? Está pensando que violência contra os diferentes é um privilégio da sua espécie? É claro que ele vai tentar destruir você. Use algum estratagema, pense, invente, dê alguma coisa para os tentáculos dele, senão você não vai chegar em casa.

– E se eu conseguir passar? Do outro lado está o lugar onde vivo?

– Está. Você ainda vai depender de alguém de outro tempo. Alguém estará à sua espera. Agora vá, meus vizinhos sentiram o cheiro dos seus presentes e podem, a qualquer momento, impedir que você deixe a nossa companhia.

De repente, Miguel não tinha mais pressa de ir embora. Pelo medo do que ainda encontraria pela frente. E pelo interesse que o velho lhe despertara. Mas o cego tateava de volta para as sombras, e ele, antes de voltar para a jangada, só teve tempo de perguntar.

– Qual é o seu nome, afinal?

– Tirésias, o adivinho – gritou o velho de longe. – Corra, volte para os seus enquanto pode.

***

Era quase meia-noite quando Tércio chegou em casa, sozinho porque não quis que MM o acompanhasse. Sentia-se exultante com a notícia de que seu pai estava vivo e voltando para a casa. Mais ainda por ter sido sua a iniciativa de descobrir tudo.

Não era mais apenas um adolescente batendo a cabeça contra muros de conteúdos complicados na escola ou se debatendo no emaranhado de difíceis conquistas de garotas que sempre preferiam os rapazes mais velhos. De uma hora para outra, ele se tornara o guardião da casa enquanto o pai não voltasse, o protetor de sua mãe e de sua herança. Ele se sentia um herói, como os antigos.

Bá abriu a porta no momento em que ele colocava a chave na fechadura. A realidade que encontrou quase o abateu. Bá estivera chorando. Na sala, Edgar, Serguei e Olímpio bebiam uísque, à vontade, como se um dos três já fosse o dono da casa. Na ponta da mesa de jantar, com jeito de constrangida e infeliz, Clarice se levantou de um salto quando o filho entrou.

– Técio, onde você estava, meu filho? Eu quase não dormi a noite passada, e fiquei ainda mais angustiada depois da ligação de Ariadne hoje de manhã...

– Aliás, que história é essa de você sair procurando notícias do seu pai, preocupando amigos com quem não se tem contato há dez anos, investigando a empresa que contratou Miguel? – inquiriu Olímpio.

– Olímpio, eu não sabia que você era amigo desse casal que Técio foi procurar – disse Edgar, suspeitoso.

– De que vocês estão falando? Alguém sabe de alguma coisa que esqueceu de me contar? – perguntou Serguei.

– Eu não sei de nada – disfarçou Olímpio. – Sei apenas que Miguel está morto, e se Clarice não tiver juízo e providenciar imediatamente um atestado de óbito, vai perder a herança do tio dela.

– Não basta o reconhecimento de que Miguel está morto – Edgar interveio, solene. – O testamento é claro. Se Clarice não estiver casada quando completar trinta e dois anos, ela perde tudo.

– Eu estou convencido de que meu pai morreu – mentiu Técio. – Tão convencido, que joguei fora o número do telefone da tal empresa. Não vou mexer com o passado. O importante é o presente, não é mesmo?

– Muito bem. Quer dizer que a viagem serviu para clarear suas ideias. Não precisava deixar sua mãe tão preocupada saindo daqui escondido – disse Olímpio, com um ar desconfiado.

– Eu suponho então que você não se incomode que sua mãe refaça sua vida, case de novo, usufrua da bolada que ela tem para receber – concluiu Serguei.

– Se até seu filho já se conformou com o fato de que Miguel morreu, Clarice, é hora de você entrar com a ação.

Nós estamos à sua disposição, qualquer um de nós, para ajudá-la a receber esse dinheiro.

– Vocês falam como se casar fosse um negócio – protestou Técio. – Vocês não amam minha mãe.

– Sua mãe é uma mulher bonita, Técio. Agradável. E nós a conhecemos há muito tempo. Não vai ser nenhum sacrifício para qualquer um de nós esse casamento. O amor vem com o tempo, quando existe uma simpatia... – afirmou Serguei.

– Eu estou exausta. Agradeço muito a solidariedade de vocês, mas prefiro ficar sozinha com Técio. Eu vou pensar. Semana que vem, se Miguel estivesse vivo, estaria completando trinta e quatro anos. – Clarice se calou, comovida. – Vou deixar passar o aniversário dele para tomar uma decisão.

Técio abraçou a mãe, apertado, com pena de não poder contar a verdade para ela. Bá começou a recolher os copos, praticamente da mão dos pretendentes, no mau humor de empregada antiga com os intrusos. Sem outro recurso, Serguei, Edgar e Olímpio se despediram, entre frustrados e esperançosos. Uma semana não era tempo demais para eles.

***

O aviso de Tirésias não fora inútil. As sombras se aproximavam mesmo. Miguel se afastou o mais rápido que pôde para o lugar onde havia deixado a jangada, andando e depois correndo de costas, louco para sair dali.

Antes de voltar para o mar, sentou ofegante na praia, sobre um monte de argila escura, pensando em como escapar dos perigos que, conforme Tirésias anunciara, estariam a esperá-lo no estreito. Cansado de tantos obstáculos, antes ainda de vislumbrar a proximidade de seu objetivo, Miguel começou a fazer, distraído, bolinhas de terra.

De súbito, percebeu que a solução estava ali. Reunindo toda sua energia, começou a cavar o terreno. Aquele barro podia ser a solução para enfrentar o monstro marinho que o aguardava no estreito.

O sol se punha quando Miguel atingiu o ponto no mar indicado por Tirésias. O cego não exagerara. Dois rochedos imensos, tão próximos que mal se via a estreita faixa de mar entre eles. De um lado, uma caverna que mais parecia uma bocarra – não poderia ser feita de pedra, de tal forma se abria e fechava – sorvia a água, para devolvê-la em jatos. Só de observar a fumaça, podia-se imaginar a temperatura daquela água. Do outro lado, um preguiçoso monstro de muitos braços, aparentado de longe com um polvo, dono, porém, de maior número de tentáculos, colhia delfins e cães marítimos, bastando para isso estender um de seus compridos braços no ar.

Impossível enfrentar o calor da água vomitada da caverna, e se aproximar dela durante o sorvedouro seria morte certa. Miguel, sem se deter no risco, se raciocinasse recuaria, impulsionou com seus precários remos a jangada para o rochedo onde dormitava a forma gelatinosa e devoradora. Quando um dos braços se estendeu em sua direção, ele usou o estratagema de lançar ao monstro bonecos de argila feitos no Mundo Oculto, desviando um nada sua jangada, que parecia de brinquedo naquele cenário de terror. Bem a tempo de escapar, no intervalo entre o sorvedouro e o jato de água fervente que o cozinharia em segundos. No instante em que deu as costas para o terrível fenômeno, sentiu-se aliviado a ponto de chorar.

Escapara, pensou, esperando encontrar novamente a intensa mudança que aprendera ser a evidência ou prenúncio de um novo limiar. O mar, no entanto, se estendia à sua frente, nenhuma corrente especial simulando uma estrada como a que o levara para a ilha de Sicorax. Também não via sinais do precipício que separava o rochedo das sereias da terra habitada por Tirésias. O mar era imenso e vazio, balançando sua jangada, desdenhando do esforço dos seus remos e desafiando sua resistência.

Dessa vez a mudança demorou, e foi sentida em seu próprio corpo. De início, percebeu apenas o cansaço, que atribuiu aos dias, pelo menos três, solto ao mar, enfrentando o sol, o frio da noite, as ondas. Os cabelos, porém, foram o primeiro alerta. Cresciam, percebeu Miguel, e cresciam grisalhos.

Apalpando os músculos, sentiu que não tinham a mesma consistência, como se tivessem perdido o tônus de uma hora para outra. Envelhecera, não sabia quanto.

O desespero tomou conta dele, na consciência da realização da primeira profecia de Tirésias. O tempo passara sobre o seu corpo na travessia do último portal. As consequências disso lhe pareciam intoleráveis. Clarice receberia de volta um homem em nada parecido com o que se fora dez anos antes. Não teria mais forças para surfar com o filho. Seria chamado de senhor pelas jovens na praia, quem sabe preferiria ficar em casa vendo televisão em vez de assistir a um show de rock. Seria um velho, como os que criticara a vida inteira.

Sinais de terra interromperam seus pensamentos tristes, as perspectivas arrasadoras. Quaisquer que fossem as circunstâncias, ele conseguira, estava voltando para sua própria vida. A única que valia realmente a pena. Remou com todas as forças que lhe restavam, e finalmente, exausto, atingiu a areia do lugar desconhecido.

***

Nadira contemplava ansiosa o homem ainda dominado pela febre, estirado na cabana onde ela se escondia dos grandes da família. Passava ali a maior parte do tempo, fazia dois dias, tratando dele com as beberagens da bisavó índia. Já era para o homem ter ficado bom.

– Umas ervas tão fortes, e eu ainda benzi ele com as folhas como ela me ensinou, e nada dele ficar bom. O mar tem dessas coisas, vai ver que cozinhou os miolos dele – Nadira disse para si mesma, no costume de falar sozinha, hábito que a madrasta detestava. Passou novamente o pano molhado na testa suada do barbudo, já impaciente com a doença.

Ela o havia encontrado na beira do rio quando fora lavar a roupa da casa. Quase morto, devia ter-se arrastado desde a praia, buscando socorro. Um impulso fez com que controlasse o medo e, em vez de voltar e avisar o pai e a madrasta, se internasse na mata para avisar a bisavó.

– As estrelas trouxeram ele até aqui e você foi até a fonte. Para salvá-lo. – A velha índia estava dormindo dentro de sua árvore, e precisou afastar os fios de líquen que lhe davam a aparência de múmia, apesar de Nadira não saber o que era múmia nem líquen.

Orientada pela velha, Nadira refizera o caminho do desconhecido até a praia, apagando pegadas e escondendo os restos da jangada em pedaços. A bisa recomendara segredo, o homem precisava ser curado e retirado dali, sem que soubessem da sua presença. "Por quê?" – perguntou a neta. Se o pai dela ouvisse as histórias que o homem contaria quando acordasse, iria levá-lo direto para um hospital de malucos e tirá-lo de lá não seria nada fácil, explicou a avó.

Não precisava dizer mais nada, Nadira sabia que o pai e a madrasta tinham horror ao que chamavam de "fantasias", inclusive as suas. Por isso deixara de contar, havia muito, os encontros com a bisavó índia. Era mais fácil omitir o milagre da sobrevivência de um antepassado dentro de uma árvore do que tentar fazê-los entender.

A menina não sabia como conseguiria, mas acreditava no que a velha dizia, sempre. Desde o dia em que se perdera na mata e a índia, mãe da mãe de seu pai, saíra da sua árvore para levá-la de volta para casa.

Há muito tempo, naquele istmo perdido no litoral do Rio Grande do Norte, viveu uma tribo indígena. A bisavó era a última representante, dada como morta há muitos e muitos anos, mas sobrevivendo na floresta, de alguma forma parada no tempo em mimetismo com a árvore.

– Clarice... – A voz débil de Miguel se fez ouvir, e Nadira quase pulou de susto. O doente acordara. – Clarice... – Miguel despertou completamente. – Quem é você, garota?

– Eu sou Nadira, filha de Nestor, neta de Jacira, bisneta de Acoara. Graças a Deus, você acordou. Já estava imaginando que eu ia ter de enterrar você na praia ou mantê-lo escondido aqui, abobado, para o resto da vida – disse Nadira.

– Que dia é hoje? – perguntou Miguel, tentando se erguer e desabando sobre as folhas de saião que lhe serviam de leito.

– Hoje? – Nadira repetiu a pergunta, espantada com a curiosidade do estranho. – É 28 de janeiro.

– De que ano? – insistiu Miguel, esgotado.

– Oxe, de 1998, que ano haveria de ser? Que espécie de gente é você que nem sabe o ano em que está? – estranhou a menina.

– Eu sou um viajante voltando para casa. Seus pais não ensinaram você a não dar conversa a estranhos? – respondeu Miguel, tornando a dormir.

Quando ele voltou a acordar, horas depois, encontrou Nadira e uma índia velha, muito velha, conversando a seu respeito.

– Que horas são? – perguntou Miguel.

– Eu não disse, Bisa? Ele pergunta o tempo todo e não diz nada – reclamou Nadira para a velha.

– Deixe, menina. Ele ainda está fraco. – A índia se aproximou de Miguel com um prato de caldo de peixe. – Coma um pouco, que o senhor vai se sentir muito melhor.

Ela começou a lhe dar colheradas na boca, que ele de início sorveu com dificuldade, depois com muito apetite. O caldo lhe dava um calor por dentro, como se o sangue corresse mais rápido. Era um efeito parecido com o das frutas na ilha de Sicorax, com a diferença de que dessa vez as lembranças não sumiam, ao contrário, voltavam mais nítidas, mais fortes. O naufrágio no Ciclope, a ilha com a mulher-lagarto, as sereias, Tirésias, a velhice súbita na passagem.

– Eu me tornei um velho – lamentou Miguel, afastando com a mão o caldo que lhe serviam.

– Velho? Deixe de bobagem. Velha sou eu. Você ainda é forte, cheio de vida. Ainda pode subir nas ondas, mergulhar no mar, fazer casas e filhos – riu-se a índia. – Tome o caldo todo, que você precisa sair daqui. Voltar para casa.

– Ainda bem que eu voltei para o tempo certo – disse Miguel, obedecendo e engolindo o que restava na tigela. – Apesar de que você não é desta dimensão. Está perdida como eu estive?

– Estava esperando você chegar para tomar meu caminho para as estrelas – explicou a velha, enxugando as lágrimas que começaram a correr dos olhos da neta. – Devia ter partido há muitas e muitas luas, mas fiquei morando dentro de uma árvore para lhe servir de guia. Não chore, menina, cada um de nós tem uma missão.

– Eu não quero deixar de vê-la, bisa – soluçou Nadira.

– Você vai continuar vendo outras coisas, outras gentes – consolou a índia, enquanto tirava de uma sacola de palha as coisas que mandara Nadira trazer da casa. – Vai lembrar de mim como se eu fosse um sonho. Agora vamos ajeitar o visitante, porque a hora dele partir também chegou.

Miguel teve seu cabelo cortado a faca por Acoara, que também lhe passou sabão no rosto e lhe fez a barba, com as mãos rugosas e estranhamente macias, com a precisão de um barbeiro.

– Eu não volto mais aqui. Nadira vai lhe deixar umas roupas do pai dela, um homem bom, mas que só acredita no que a mulher dele acredita e nos peixes que tira do mar. Ele nunca entenderia sua história – explicou a velha índia, mascando e cuspindo nas mãos umas folhas de cheiro estranho. – Tome um banho na fonte, passe estas folhas no corpo para tirar a pele velha e a catinga de febre e de doença. De tardinha, Nadira volta e lhe ensina o caminho para o povoado mais próximo.

No final da tarde a menina voltou emburrada, sem querer conversar, aparentemente doida para se ver livre dele. Vestido com uma calça e uma camisa menores do que o seu tamanho, Miguel se sentia um espantalho.

– Acho que eu devo uma explicação a você – começou Miguel, no meio do caminho, sentindo-se culpado pelo humor da mocinha meio índia, que o acompanhava com evidente má vontade.

– Você não me deve explicação nenhuma. O que você me deve é uma avó, já que por sua causa ela foi embora. A única pessoa que me entendia. Por mim, você podia ter ficado perdido para sempre.

– Você não quer explicação, mas eu vou dar. Fui contratado para fazer um trabalho no Oriente Médio... – Ele hesitou. – Você já está na escola? Sabe onde fica, a história da guerra?

– A mulher do meu pai é professora, ela dá aula para mim e para os filhos dela toda noite – admitiu Nadira irritada. – Ano que vem, ela vai me mandar estudar na capital. Para eu deixar de ser índia, como ela diz.

Miguel pesou as informações em silêncio. Nadira devia ter treze, catorze anos, quase a idade de Técio. Imaginou se o filho se sentiria assim com um padrasto. Se Clarice resolvesse casar de novo. Talvez já estivesse casada, e ela e o filho esquecidos de sua existência. Retomou o relato de sua odisseia, não queria se preocupar antes da hora com problemas que não podia, ainda, resolver.

– O barco onde eu estava foi atingido num ataque terrorista e toda a minha equipe morreu. Eu me salvei nadando até uma ilha... Estive muito doente, praticamente desmemoriado, na ilha havia uma pessoa que não desejava que eu saísse de lá. Há pouco tempo, eu consegui sair numa jangada. E aqui estou.

– Quanto tempo faz que isso aconteceu? – perguntou Nadira, fascinada, apesar dos pesares, pela aventura que ele lhe contava.

– O tempo é um problema nesse tipo de viagem. Saí de casa há dez anos. Estou voltando mais velho pelo menos uns vinte. Eu acho que envelheci uns vinte na passagem. Pelos cabelos grisalhos. Pela mudança no meu corpo. Não gosto nem de falar nisso. No mar passei dias. Quem é que entende?

– Daqui você pode seguir sozinho – comunicou Nadira, parando e olhando para Miguel com seus olhos negros acusadores. – Eu tenho de voltar para casa. Meu pai já está reclamando de eu sumir tantas horas por dia, desde que você chegou.

– Eu sinto muito por Acoara. Lamento ter sido a causa de sua partida.

– Eu sempre soube, desde bem pequena, quando vi minha bisavó pela primeira vez, que ela iria embora quando um viajante chegasse da Lua, como ela dizia. Ela só ficou para tratar disso. Não faz mal. Ela me ensinou a curar um bocado de doenças, a chamar os espíritos das árvores, a espantar a dor e a tristeza. Você não acha que eu sou esquisita porque vejo velhas em árvores e acredito que a natureza fala, acha?

– Quem viveu o que eu vivi, passa a acreditar em fadas, bruxas, duendes. Eu vou sempre me lembrar de você como a fadinha da boa viagem – disse Miguel, e estendeu a mão que a menina apertou constrangida, antes de dar as costas e sair correndo. Novamente, chorando.

***

Amanhecia quando o caminhoneiro o deixou a dois quilômetros do aeroporto de Natal. As sandálias do pai de Nadira, as que a menina conseguira subtrair da casa, eram velhas e pelo menos um número menor do que o seu, mas Miguel não sentiu a diferença, sentado em um, dois caminhões aos quais pedira carona naquelas últimas horas. Fazia pelo menos quarenta e oito horas que lutava, pelas estradas, para ser convincente, conseguir aliados que o ajudassem a chegar em casa. Tivera sorte de conseguir ajuda sem muitas perguntas. Mais sorte ainda a de encontrar, no último caminhão, um viajante especial. O motorista era um argentino bem-humorado de mais de cinquenta anos, parecia um sobrevivente da década de 60, barrigudo de cerveja. Viajara por três continentes, tinha longos cabelos grisalhos presos num rabo de cavalo amarrado numa fita caindo aos pedaços, que lhe fora dada por uma índia peruana havia pelo menos vinte anos. Apreciador de boa música e de histórias malucas, para ele Miguel teve coragem de contar sua saga. Não sabe se acreditou ou não. O certo é que Juan Caballero lhe emprestou algum dinheiro para a última etapa do caminho.

– Se amanhã é seu aniversário, você precisa comemorar com sua mulher e seu filho – disse Juan na última parada. – E não fique tão preocupado. As mulheres ligam muito mais para flores e beijos do que para a forma física. Pelo menos as mulheres que valem a pena.

– Sei não. Eu fui embora como um garotão de vinte e quatro anos, bem-cuidado, surfe todo dia, moreno de praia, e volto enrugado, quase gordo, fora de forma... Sei não.

– Deixa de besteira. Tem mulher que adora um homem amarrotado. Já pensou a emoção? Você toca a campainha, estende as flores, dá um beijo de cinema e diz: "Querida, voltei". Ela vai achar o máximo. Vai por mim.

No aeroporto, sem saber ainda como embarcar, a surpresa. Quando começou a explicar que havia perdido os documentos, a recepcionista chamou o gerente da companhia. Todas as empresas que operavam voos para o Rio de Janeiro haviam sido prevenidas. Um envelope estava à espera do passageiro Miguel de Carvalho Antunes. "Diga, por favor, a senha do contato que permite a identificação." "Ulisses", informou Miguel exultante, certo de que a providência fora tomada por Minnie. Ela ainda estava do seu lado, a sorte lhe sorria.

No avião, Miguel sentiu bater dentro de si a insegurança. Ainda não acreditava que tudo aquilo desse certo. De qualquer maneira, o jogo estava feito. O comandante avisava que iam pousar, e ele, misturando alegria e excitação, enxergava o mar e o formigueiro das favelas, uma via expressa que não conhecia, paralela ao aeroporto. Estava chegando em casa.

***

Técio conferiu desanimado o dinheiro que restara da venda da preciosa guitarra. Mal dava, agora, para comprar um violão. Se a mãe resolvesse não casar com um dos três patetas – como Bá chamava os pretendentes –, não havia expectativa de comprar outra tão cedo. Apesar de que, com guitarra ou sem guitarra, um dos três como padrasto seria também horrível.

Aquele era o dia da decisão, até à escola ele faltou para almoçar com a mãe. Naquele dia, o pai completaria, se realmente estivesse vivo, trinta e quatro anos. Clarice havia prometido, na noite em que ele e MM haviam escutado Minnie, tomar uma decisão até aquela data. Técio não sabia que decisão seria essa. O que ele via era a mãe emagrecendo, as rugas de preocupação com a ameaça de perderem o apartamento marcando seu rosto, o medo de perder o emprego, de não receber a herança. Clarice estava menos bonita, de tanta angústia e do peso das decisões. E ele sofria, por não poder ajudar. A perda da guitarra chegava a significar pouco.

A batida insistente de Bá na porta interrompeu seu desânimo.

– Seu amigo doidinho está aí. Diz que veio buscá-lo para ir ao "shop". – O resmungo de Bá contra MM também era um sintoma do quanto a empregada estava afetada com o clima da casa.

– Shopping, Bá. Vê se aprende a falar direito. – Técio tentou a brincadeira de zombar dos erros da velha babá, mas dessa vez não deu certo.

– Shop, shopin, shopping, anda logo que eu ainda tenho de arrumar essa bagunça antes de fazer o almoço. Se não acontecer um milagre e seu pai voltar, pode ser que seja o último almoço nesta casa. – Bá terminou a reclamação meio choramingando.

Técio se dirigiu apressado para a sala, para não chorar também. MM estava esperando refestelado no sofá, apertando, folgado como era, os botões do controle remoto do vídeo.

– E aí? Tudo em cima? – perguntou MM quando viu Técio.

– Tudo em cima? Eu e minha mãe estamos para perder tudo e você me pergunta se está tudo em cima? – espantou-se Técio.

– Calma. A poderosa não disse que seu pai está voltando? Tem de ter fé, cara – disse MM, ajeitando despreocupado o boné de banda que trazia à cabeça. – Vamos dar uma olhada nas lojas, distrair a ideia. Eu preciso comprar uns CDs.

– Não vou em loja nenhuma. Eu aqui roendo as unhas, sem saber o que minha mãe decidiu, e você quer que eu vá passear em shopping?

– A minha mãe sempre diz que gastar dinheiro é um bom remédio para animar a gente. E ela entende um bocado de gastar. – MM levantou do sofá e deu uns tapinhas no ombro de Técio. – Quem sabe, quando a gente voltar não encontra uma boa notícia?

Como sempre, Técio acabou se deixando arrastar por MM. Era mais fácil concordar com o amigo do que discutir com ele. Na esquina, a alguns metros do prédio, um sujeito mal-ajambrado, com uma espantosa blusa florida larga demais para ele, parou os dois, no momento em que MM discursava animado sobre aulas e planos e Técio escutava distraído.

– Desculpe interromper. Mas você não é Técio, o filho de Clarice e Miguel?

– Sou, sim. E o senhor, quem é?

Antes que o desconhecido respondesse, MM, tirando os óculos escuros e encarando-o fixo, exclamou:

– Ele é a sua cara, Técio. Se não é seu pai, só pode ser o irmão mais velho dele. Ou então seu avô.

Técio fantasiara mil vezes aquele reencontro. O que diria, o que faria. Os sonhos mudavam, eram atualizados conforme ele crescia. Mas naquele momento a única coisa que pôde fazer foi olhar, sem reação, o rosto cheio de expectativa que via à sua frente. Era o seu rosto. Os lábios finos, bochechas mais gordas, mas os mesmos olhos escuros levemente puxados. "Eu vou ficar assim um dia", foi o pensamento idiota que lhe passou pela cabeça, nos segundos que levou para reagir.

– Técio, sou eu, seu pai. – O estranho estava quase chorando. Com mais medo, aparentemente, do que ele.

Dezesseis anos não é uma idade tão longe da época em que se era um bebê, é fácil chorar do mesmo jeito, foi o que descobriu Técio enquanto abraçava o pai no meio da rua e sentia as próprias lágrimas.

O RECONHECIMENTO

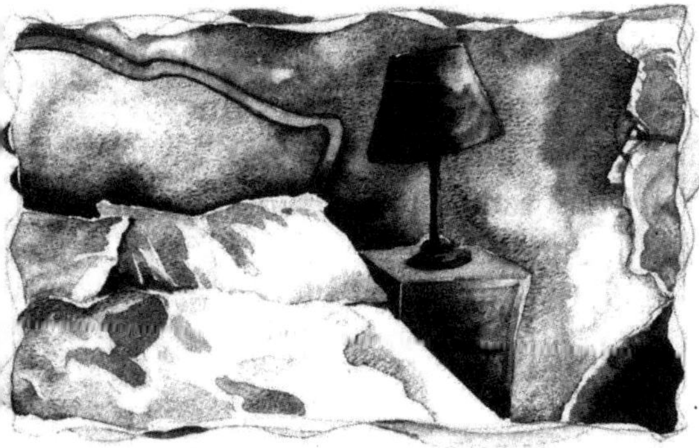

Por sugestão de MM, o único que conseguia levar na esportiva o desenrolar dos acontecimentos, voltaram para o apartamento e Técio foi com o pai para o quarto de casal, para que finalmente tomasse um banho decente e pudesse, com calma, colocá-los a par dos acontecimentos. Não contavam, porém, que, quando Miguel saiu do banheiro enrolado numa toalha, pronto para dar as informações pelas quais os garotos ansiavam, se depararia com Bá, furiosa com aquela invasão aos domínios de Clarice.

– Eu já não disse que é para você não mexer nas coisas de sua mãe? E quem é esse sujeito que vocês trouxeram da rua?

Bá não enxergava direito, mas seu ouvido era capaz de identificar, pelo andar, qualquer pessoa diferente na casa. Técio, emocionado demais para explicar a grande novidade, resolveu testá-la.

– É um amigo de mamãe que chegou de viagem, Bá. Ele está com os pés machucados. Você podia fazer um de seus curativos milagrosos.

– Machucado, é? Pega o estojo no armário – ordenou Bá, rabugenta. – E o moço senta aí que eu vou ver se está machucado mesmo ou se é mais uma das invenções desse moleque que não tem o que fazer.

Sentindo lágrimas nos olhos de novo, Miguel sentou na poltrona, que ainda era a velha poltrona onde tantas vezes, no passado, sentara com Clarice e Técio no colo, escutando a velha Bá resmungar que ele ainda destruiria o móvel, que não fora feito para resistir ao peso de três pessoas. A brincadeira improvisada de Técio era um teste para as mudanças. Se Bá o reconhecesse, era porque ele não estava tão estranho assim.

– Onde foi que você andou? Os pés estão um bagaço mesmo. Isso é sapato apertado demais. – A velha começou o curativo, ajoelhada aos pés de Miguel, quando, de repente, parou.

Sua mão esbarrou numa cicatriz antiga, a mesma que fora usada, dez anos antes, para implantar a bússola que acabara por salvá-lo na saída da ilha de Sicorax. E que, provavelmente, orientara Minnie sobre sua chegada de volta ao país e ao presente. A bisavó de Nadira jogara a bússola fora, estava infeccionando a perna. Ficou o buraco, ainda não cicatrizado.

– Esta cicatriz... Só uma pessoa tem esta marca na perna... Foi uma queda sobre as ondas... – Bá largou a perna dele e levantou as mãos para o rosto, tateando, buscando enxergar as semelhanças e registrando as mudanças. – A boca meio amassada, sempre sorrindo, as bochechas, menos cabelo, os cabelos eram tão cheios... – As mãos dela se voltaram para os braços. – Os cotovelos estão iguais, as mãos de mulher, macias... estão mais velhas, mas continuam macias... Miguel, meu filho, você voltou? Diz para mim, é você mesmo, não é um fantasma, não?

A partir daí, os três homens choraram. Mesmo MM, que se orgulhava de sua superioridade de artista cheio de experiência com situações inusitadas, do alto de seus dezoito anos, cedeu à comoção despertada pelo reconhecimento da velha babá, que foi quem recuperou a pose mais rápido.

– Onde já se viu, três marmanjos chorando feito bezerros desmamados? Era para estar comemorando, Miguel voltou, vai colocar para fora de nossas vidas esses patetas que ficam rondando Clarice e o dinheiro da família. – Bá voltou a seu estilo habitual. Autoritário. – Você trate de se arrumar que Clarice não demora. E vocês dois deixem Miguel em paz. Eu vou preparar um lanche para ele.

Bá saiu do quarto, disfarçando a emoção.

– Ela não mudou nada. Sempre achou que comida é o melhor remédio para emoções fortes – comentou Miguel com o filho.

– Acho que ela tem razão. Nós vamos esperar na sala o senhor se aprontar – disse MM.

– Era o que eu temia. Virei senhor para os mais jovens – disse Miguel, bem-humorado. Bá conseguira derrotar um de seus piores temores: não ser reconhecido. Faltava ainda um. Ser aceito por Clarice. – Não demoro. Num instante encontro vocês.

***

– Mas então é tudo verdade? Existem mundos paralelos? – Técio não cabia em si de espanto.

– Existem. É isso que o Arbor 10.000 investiga. Há quase cinquenta anos. É claro que pouquíssimas pessoas sabem. Não adianta divulgar. Pareceria papo de maluco – confirmou Miguel.

– Mamãe sabia o tipo de pesquisa em que você estava envolvido, quando você partiu? – perguntou Técio.

– Nem eu sabia. Só soube quando cheguei lá e conheci Zus, Minnie, o doutor Parker e Hermes. Olímpio sempre soube, foi ele que arranjou o contrato. Mas eu telefonei para Serguei e Edgar e disse que havia riscos, apenas. O sigilo era uma das condições. Edgar recomendou que eu fizesse uma procuração em nome de Serguei para resguardar os interesses de vocês, se me acontecesse alguma coisa.

– Por quantas dimensões o senhor disse que passou mesmo? – perguntou MM, desviando o assunto, louco de curiosidade para saber mais sobre uma conspiração que sempre suspeitara existir.

– Por quatro. A da ilha, a das sereias, a de Tirésias e ainda o estreito com seus guardiões.

– Uma mulher-lagarto. Metamorfose. Como aquele filme Feitiço de Áquila. Sereias... não sei se eu teria resistido. Adoro mulher bonita – disse MM, sonhador.

– O que adianta uma mulher ser bonita só uma parte do dia e virar um monstro na outra? – questionou Miguel, divertido. – E as sereias só querem se exibir e quebrar os que conquistam. Você não ganha nada cedendo.

– Eu não me importaria de ganhar. Só de ver aquele bando maravilhoso, cantando para mim, eu já estaria satisfeito.

– Pai, você disse que o Edgar aconselhou você a passar uma procuração para Serguei. E como eles conseguiram ficar donos de tudo? – Técio voltou para o início da conversa. Estava mais interessado no presente do que nas dimensões perdidas no tempo e no espaço. – A firma de pesquisas oceanográficas, o apartamento...

– Eles não são donos de tudo. A firma e o apartamento são nossos – estranhou Miguel. – Do que você está falando?

– Essa história é terrível. Eu estava esquecendo que o senhor ainda não sabe. Sua mulher virou empregada do tal de

Edgar. A firma hoje é dele, do Serguei e de um tal de Olímpio. E eles estão tentando convencer dona Clarice a casar com um dos três para conseguirem tomar posse da herança dela. Depois de conseguirem, é claro, um atestado de óbito para o senhor – resumiu MM para um Miguel embasbacado. – Sinto muito, mas essas são as más notícias.

***

Sob os protestos de Bá, os três saíram, antes de Clarice chegar e depois de terem armado um verdadeiro plano de guerra. Fizeram a velha prometer que não contaria nada para Clarice, deixaria que o próprio Miguel contasse as novidades quando voltasse.

– Miguel, você trate de não se meter em mais confusão – ralhou Bá, como se ele ainda fosse um menino sob seus cuidados.

– Prometo, Bá. O meu aniversário de trinta e quatro anos vou passar tranquilo, na sua companhia e na de Clarice e Técio. Pode ficar sossegada.

Na rua, os três se dividiram em função de suas tarefas. MM foi buscar Clarice no escritório, esbaforido, fingindo-se apavorado com a notícia de que Técio passara muito mal na visita que fazia a uma garota na Barra da Tijuca. Às perguntas da mãe ansiosa, ele respondia com uma história tão confusa que ela preferiu, como previra Técio, ir buscar o filho pessoalmente.

Técio e Miguel viram, escondidos na portaria do prédio ao lado, quando ela saiu em companhia de MM e pegou um táxi com ele.

– Coitada da mamãe! Precisamos mesmo enganá-la desse jeito? – Técio não se conformava com o embuste.

– Claro que sim. Quero encontrar sua mãe com tudo resolvido. Você entendeu direito o que é para fazer? Anotou a combinação do cofre? – perguntou Miguel.

– Entro no escritório, digo que minha mãe esqueceu uns papéis e tiro do cofre tudo o que estiver dentro. Você distrai o boy, enquanto isso. E se a combinação tiver mudado?

Miguel não aceitou nem pensar nessa hipótese. Despachou o filho e se preparou para sua atuação.

Não foi difícil essa etapa. O rapaz que trabalhava com Clarice conhecia bem Técio e, apesar de se oferecer para ajudá-lo a cumprir a falsa tarefa, precisou atender a um desconhecido que, de terno e óculos escuros, lhe fazia perguntas sobre Edgar e Serguei. Dentro do escritório de Edgar, suando de medo de ser surpreendido, Técio "limpava" o cofre da empresa, como Miguel havia sugerido, feliz pelo fato de o pai lembrar da combinação e mais feliz ainda pela burrice de Edgar tê-la mantido todos aqueles anos.

Acabava de guardar na mochila o produto do saque, quando Carlindo, o office-boy, apareceu na porta.

– Achou o que você procurava? Um homem chato me alugou perguntando se o doutor Edgar não teria perdido uma valise numa viagem, uma conversa idiota, nem pude ajudar você – Carlindo se desculpou, vendo as mãos vazias de Técio.

– Não achei, não. Minha mãe deve ter se confundido. Vai ver, a tal pasta amarela ficou em casa.

– Ela saiu daqui correndo, nem me disse aonde ia. Estava com um rapaz esquisito. Algum problema?

– Nenhum. Mamãe está fazendo um trabalho voluntário numa instituição para jovens com problemas mentais. O rapaz deve ser de lá – disse Técio, satisfeito de justificar a aparência estranha de MM.

– Deve mesmo. Parecia maluquete, o sujeito – concordou Carlindo.

O telefone tocando impediu que o funcionário acompanhasse Técio até o elevador, o que facilitou que ele seguisse a recomendação de Miguel. Descer pela escada para evitar a possibilidade de encontrar Edgar, Serguei ou Olímpio.

O encontro de Miguel com Técio para examinar os documentos foi numa sorveteria próxima. Enquanto o filho se deleitava com um sundae, Miguel lia, sôfrego, o conteúdo das pastas.

– Que bandidos! Eles usaram minha procuração para vender a minha parte da firma para Serguei e o apartamento para Olímpio. Se eu não voltasse, se eles convencessem sua mãe a conseguir meu atestado de óbito, nós estaríamos sem nada.

– Tem a herança. Se mamãe casasse de novo, tomaria posse do dinheiro – argumentou Técio.

– Você tem razão, mas quem faz uma falcatrua dessas é capaz de eliminar uma mulher para ficar com o dinheiro dela – disse Miguel, irritado.

– Eu jamais permitiria que um deles fizesse qualquer coisa contra minha mãe.

– É tão fácil fazer mal às pessoas, Técio. Você tem dezesseis anos, eles poderiam simular um acidente. Tirar você do caminho. Não gosto nem de pensar nisso.

– Então vamos falar de outra coisa. Você voltou, mamãe não precisa casar com mais ninguém. O que nós vamos fazer com esses papéis?

Miguel ficou olhando para o filho e tentando imaginar uma estratégia que definisse aquele jogo. A favor deles. Arbor 10.000! Os cientistas o haviam jogado naquela confusão. Era justo que ajudassem a resolvê-la.

***

Clarice aprendera a gostar de MM pela convivência do rapaz com Técio. Ele era expansivo, enquanto o filho era tímido. Era anticonvencional, falante, criativo, coisas que lhe pareciam positivas naquela amizade. Mas era irritante ser arrastada para o outro lado da cidade, enfrentar um trânsito terrível, para que MM confessasse, na maior candura, que não existira nenhum mal-estar, tudo não passara de uma surpresa que ele e o filho estavam preparando para ela.

– Dá vontade de torcer o pescoço de vocês! – Clarice disse, irada, quando voltavam. – Eu tenho milhões de coisas para fazer no escritório, e minha cabeça está estalando de dor...

– É melhor a senhora ir para casa, tomar um banho, dormir um pouco. Quando acordar, vai ter uma surpresa e tanto – consolou MM.

– Eu não quero saber de surpresas. Logo hoje, o aniversário de Miguel, eu tendo de tomar uma decisão sobre a maldita herança. – Clarice estava quase chorando.

– A senhora vai casar mesmo com um deles?

– Nunca. Prefiro ficar sem dinheiro, sem casa e sem emprego. Apesar de que não sei se é justo com Técio. Afinal, a herança também é dele – disse Clarice, mais triste ainda.

– Mas a firma em que a senhora trabalha não era de seu marido também? Como é que vocês chegaram a esse ponto de estar tudo nas mãos dos sócios? – perguntou MM, com o máximo de delicadeza que conseguiu.

– Eu só trabalho lá há um ano. Serguei cuidava de tudo junto com Edgar. Eles dizem que Miguel deixou dívidas, que o dinheiro que a firma rendia mal dava para eles nos transferirem algum rendimento. E Técio era pequeno, sem pai, eu não tinha como deixá-lo com Bá e ir tomar conta de uma coisa que não conheço. Eu nunca gostei do mar como Miguel gostava. – Clarice completou o desabafo já em prantos.

– Não chore, dona Clarice. – MM deu palmadinhas no braço dela, como se faz com as crianças pequenas, cheio de remorso por estar participando de uma revanche que a deixava de fora. – Prometo que antes do final do dia de hoje tudo se resolverá.

– Tudo se resolverá?! Deixe de ser criança, João Márcio! Você acha o quê? Vai acontecer um milagre em pleno dia 2 de fevereiro de 1998, e todos os meus problemas se resolverão? – Clarice enxugou as lágrimas raivosa, sentindo que o motorista de táxi devia estar pensando que levava uma desequilibrada para casa.

MM ficou em silêncio, magoado por ter sido chamado de João Márcio e sem ter como se defender da ira da mãe de Técio sem entregar o plano de Miguel. Para seu alívio, o táxi havia chegado na casa dela. Cavalheiro, ele pagou a corrida ignorando a tentativa de Clarice de abrir a carteira.

– Faço questão. Afinal, fui eu que levei a senhora até a Barra, aparentemente sem necessidade. Um dia, ainda vai me agradecer por isso – disse MM, formal.

Clarice saltou do táxi sem saber se ria ou se chorava com aquela encenação. Ela pensava o quanto estava se tornando uma mulher infeliz e sem senso de humor, a ponto de atormentar o pobre MM. Ele mandou o táxi tocar em frente. Estava ansioso para encontrar os outros conspiradores e descobrir qual o resultado de suas ações.

***

A reunião convocada por Zus começou tensa. Menos por Hermes, que se divertia. Na função de mensageiro não lhe cabia tomar decisões ou se aborrecer com problemas. Parker, no entanto, estava furioso com o ultimato de Miguel. Minnie, desde que soubera da reivindicação de seu protegido, assumira completamente sua defesa.

– Um absurdo. Ele sabia perfeitamente dos riscos quando assumiu o projeto. Não merece nenhuma indenização – esbravejou Parker. – Quando penso no quanto perdemos com a destruição do Ciclope só porque o irresponsável permitiu que a tripulação se embebedasse a bordo.

– Ele foi a única pessoa que mapeou quatro dimensões desconhecidas, viveu em uma delas dez anos e voltou vivo para contar. Se nós não cedermos às suas exigências, vamos perder um material importante de pesquisa – contra-atacou Minnie.

– Ele quer uma fortuna pelo relatório – disse Hermes. – Só não pediu os documentos porque esses Minnie havia mandado devolver. Ele já recebeu.

– Minnie?!! Você escutou, Zus? Ela tomou uma decisão dessas sem nos consultar. – Parker estava chocado com o que considerava uma insubordinação.

– Eu não tomei essa decisão agora. Mandei Hermes enviar os documentos para o nosso contato no Brasil assim que soube que Miguel tinha aportado perto de Natal. Na última vez que conseguimos mapeá-lo a partir da bússola. Os documentos o esperavam no aeroporto. Eu tinha certeza de que ele conseguiria chegar lá.

– Você devia pelo menos ter comunicado a mim essa decisão. E se os documentos fossem parar em mãos erradas? – recriminou Zus.

– Isso agora é secundário. Nós vamos ou não vamos pagar pelo relatório? – perguntou Minnie.

– Ele pode não ter as coordenadas. Vai nos aparecer com uma narrativa fantástica que qualquer escritor poderia inventar – contrapôs Parker.

– Ele tinha a bússola, que só se perdeu ou lhe foi tirada quando voltou para o Brasil. É um marinheiro experiente. Anos de surfe, de veleiro, cresceu no mar, conhece, ama, pesquisa. Se nós não comprarmos o relatório, corremos o risco de Miguel publicá-lo de outra forma.

– Só temos a palavra dele de que não fará isso. Ele pode entregar o relatório e depois contar para qualquer um essa história, e nós a encontrarmos, um dia, numa livraria. Escrita por ele mesmo sob pseudônimo ou por outro.

– Ele não escreveria. Confio em Miguel. E se outro escrever, quem é que vai acreditar? Nosso projeto roubou dez anos da vida de um homem. Ele está pedindo pouco, até – insistiu Minnie. – O que vocês decidem?

***

No bar do centro da cidade, ponto de encontro habitual dos três, Edgar e Serguei esperavam Olímpio.

– Ele está demorando. Será que foi até a casa de Clarice tentar pressioná-la sozinho? – perguntou Edgar, preocupado.

– Olímpio não é tão mau-caráter assim. Ela prometeu dar a resposta aos três – respondeu Serguei.

– Olímpio é muito esperto. Não se esqueça de que foi ele quem armou todo esse esquema – disse Edgar.

– Sozinho, não. Fui eu, como sócio, que convenci Clarice de que a empresa não dava lucro e de que a bonificação que ela e o filho recebiam era praticamente de favor – gabou-se Serguei. – Sem a minha participação, vocês jamais conseguiriam ser donos de tudo o que foi de Miguel.

– Só falta a mulher. E essa só pode casar com um de nós. Os outros dois vão ter de se conformar – disse Edgar. – Aí vem ele. Quem é o cara que está junto?

Serguei olhou para a porta. Realmente Olímpio chegava, e acompanhado. Pálido, Serguei pensou que só uma pessoa no mundo andava daquele jeito, meio gingando, como se estivesse eternamente sobre uma prancha ou um tombadilho. Miguel.

– Muito bem. Os três patifes finalmente reunidos com aquele que pensavam ser comida de peixe no fundo do mar. – Miguel sentou sorridente, empurrando Olímpio, transtornado, para uma cadeira. – Vocês estão bebendo o quê? Eu vou querer um uísque com club soda.

Edgar e Serguei não sabiam o que dizer. Olímpio suava frio, Miguel fora encontrá-lo na saída da empresa, o filho e um amigo como testemunhas. Ele já confessara tudo, não havia como negar. As provas roubadas por Técio no cofre eram arrasadoras.

– Vou explicar rapidinho para vocês qual é o caso. Eu tenho uma confissão assinada por Olímpio de tudo o que vocês fizeram contra o meu patrimônio e o da minha família – disse Miguel, com frieza. – Já preparei mais duas para vocês assinarem. Confessando tudo e abrindo mão de qualquer participação na minha empresa.

– Você não pode fazer isso. – Edgar foi o primeiro a se recuperar. – Nós mantivemos a empresa funcionando esses anos todos. Conseguimos contratos com o governo, com as universidades... Assim você liquida com a gente.

– Eu vou cuidar desses contratos. Posso cuidar enquanto vocês procuram emprego ou enquanto vocês curtem uma bela temporada na cadeia. Escolham. Eu devia era liquidar com vocês de verdade. Eliminá-los. É o que mereciam. Sabem por que eu não faço isso? Porque não quero ser preso pelo assassinato de três canalhas que chantagearam minha mulher, apavoraram meu filho, tomaram tudo o que é meu, torcendo pela minha morte. Se fosse outro tempo, outro lugar, vocês estariam levando um tiro, ou uma flechada na testa. Como eu respeito o progresso, minha vingança é ser feliz.

Triunfante, Miguel abriu a pasta, afastou os copos e ofereceu uma caneta para Serguei, junto com o papel em que já estava redigida a confissão.

– Vou deixar você assinar primeiro. Meu colega de turma, meu companheiro de surfe, o primeiro e maior traidor. Depois assina esse cretino do Edgar, que não é capaz de conquistar uma mulher e precisa chantageá-la.

Os três se entreolharam, arrasados. Conheciam o gênio de Miguel, Serguei era capaz de imaginar o esforço que ele estava fazendo para não jogar a mesa em cima deles e começar uma briga. Acabariam todos na delegacia mais próxima, com grandes chances de eles ficarem e Miguel sair, com direito à primeira página dos jornais como o herói do dia.

– Você ainda me paga – prometeu Serguei rancoroso, assinando o papel.

– Será que pago mesmo? – zombou Miguel. – Você sempre foi um medroso, um covarde. Eu não quero mais olhar para esse seu focinho. Se chegar perto de mim, de Clarice ou de Técio, eu vou esquecer minha escolha pela civilização. Edgar, sua vez.

O advogado tremia de ódio, mas sabia que não tinha outra opção. Miguel havia dividido os três, a confissão de Olímpio arrasava com eles dois, estariam em maus lençóis se a história viesse a público.

– Muito bem, senhores – disse Miguel, levantando. – Foi um prazer muito grande sobreviver para ver a destruição dos esquemas de vocês. Eu agora tenho um encontro importante, e ainda preciso tomar algumas providências. Vou permitir que vocês paguem o meu drinque. Pela primeira e última vez.

Miguel saiu, deixando atrás de si três patifes arruinados, impotentes em sua raiva, amargurados com a rapidez como a vitória tão fácil lhes caíra das mãos.

***

Clarice acordou recuperada. A dor de cabeça passara com a tarde de sono e o remédio que Bá, meiga e bem-humorada, lhe fizera tomar. Se não estivesse se sentindo tão mal, teria brincado com a velha, comentado a alegria que havia anos não testemunhava.

– Desde que Miguel foi embora – disse Clarice em voz alta, sentindo de novo a tristeza por mais um aniversário do marido que passava sozinha.

Não adiantava lamentar. Sua decisão estava tomada. Agora era levantar da cama e conversar com Técio e com Bá, planejarem o futuro. Sem casa, sem emprego, sem dinheiro. Sem amor.

Decidida, Clarice tomou um banho quente e escolheu um vestido alegre para jantar com o filho. Eram sete horas, MM lhe deixara um recado com Bá, dizendo que Técio estaria em casa com a tal surpresa no início da noite.

A sala estava vazia, luzes apagadas, velas acesas, vinho, flores na mesa. Um violão tocava baixinho num canto escuro. Devia ser Técio, pensou, apesar de ela não saber, até aquele momento, que ele aprendera a tocar tão bem.

– MM deve ser mesmo um professor excepcional – comentou Clarice, tentando fazer uma voz alegre. – Você está tocando essa música tão bem quanto seu pai tocava. Era a preferida dele, sempre presente nas ocasiões especiais.

– Como hoje – disse Miguel, acendendo o abajur e permitindo que Clarice o visse. – Eu voltei.

Era Miguel. Era um milagre. Clarice não conseguia controlar seu espanto, ele a estava beijando da mesma forma sôfrega como a beijava no trem, no elevador, na porta da escola, quando os dois eram adolescentes. Se ela não o tivesse reconhecido, apesar dos cabelos curtos e grisalhos, o reconheceria pelo beijo, que não mudara em nada.

Na cozinha, uma porta bateu. Eram Técio e MM sendo puxados com brusquidão por Bá, furiosa com a espionagem que faziam do casal. Enérgica, ela os expulsou pela saída de serviço.

– Onde já se viu, ficarem espiando o reencontro alheio?

PRAIA, FANTASIA E GUITARRA

– Uma das boas coisas do mundo é dinheiro – afirmou MM para Técio, quando ele saiu da água arrastando a prancha.

– Para curtir as ondas ou para comprar uma guitarra nova? – perguntou Técio, molhando as páginas que MM lia.

– Imagine se eu vou perder meu tempo enfrentando essa montanha de água como fazem você e seu pai. Aliás, eu preciso agradecer a ele pelo convite. Essas férias estão sendo ótimas para mim. Ainda mais agora, que minha mãe está casando de novo.

– Dessa vez o padrasto está bem escolhido – contemporizou Técio. – Você mesmo disse que ele é um bom sujeito. E meu pai ficou muito grato pela força que você me deu quando ele estava desaparecido.

– Amigo é para essas coisas. E ele merece. Seu pai é um herói, passar pelo que ele passou e ainda conseguir surfar, ganhar dinheiro e gostar de música, um cara desses é o máximo. E você tem razão, o novo marido da minha mãe é bem legal. Vai publicar o meu livro.

– Livro? Eu não sabia que você estava escrevendo um livro, MM. É sobre o quê?

– É um livro de fantasia. Sobre um sujeito que se perde num redemoinho no Triângulo das Bermudas e descobre um outro mundo fantástico onde vivem todos os personagens de quadrinhos que a gente conhece.

– MM! Você está se inspirando na história do meu pai. O pessoal do Arbor 10.000 não vai gostar nada dessa divulgação.

– Eles? Nem vão se reconhecer no que eu estou escrevendo. E, além do mais, você acha que alguém vai acreditar, no nosso mundo, na nossa época, que as coisas que os escritores inventam são verdadeiras?

Técio ia responder, mas sua atenção foi atraída pelos gritos de Clarice, que era arrastada para o mar por Miguel.

– Esses dois parecem crianças. Vê se pode, meu pai querer fazê-la gostar de água como nós gostamos. Minha mãe prefere mil vezes ficar ao sol sossegada. Por que ele insiste?

– Pretexto para namorar. Seu pai parece um garoto – disse MM, com superioridade. – Achei o máximo ele ter oferecido a ela o dinheiro da indenização que recebeu para que ela se sentisse livre para ficar com ele ou casar com outro. Acho que mulher nenhuma resiste a um gesto desses.

Técio concordava com ele. Clarice sempre dizia que o oferecimento de Miguel para que ela abrisse mão da herança e ficasse solteira se quisesse era coisa de um homem em um milhão. Ele e MM contemplaram o casal de longe. Ela parara de gritar e os dois se beijavam, indiferentes às ondas que batiam.

CARTA AO LEITOR

Leitor amigo,

Este é mais um livro da Coleção Reconstruir, composta de livros que recontam histórias que encantaram muitas e muitas gerações de ouvintes e leitores antes de você.

Os livros dessa coleção foram escritos a partir do Banco de Histórias de Autoria, um jogo de inventar histórias, coletivamente. Foram escritos, também, considerando que a ficção é um jogo e o autor é um "jogador".

No jogo da ficção, existem poucas (não sei quantas) histórias primitivas, originais, e muita criatividade de milhares de autores sobre elas. Quando essas histórias tratam de conquistas ou reparações de grandes problemas, seguem, em sua maioria, sete passos básicos.

Vamos observar mais de perto a história base deste livro, inspirada na Odisseia, de Homero, para entender como esses passos funcionam.

Uma situação inicial, na qual existe um equilíbrio que não representa, necessariamente, harmonia. As coisas se configuram como assentadas, estabelecidas. É o início da história.

No mito grego, Odisseu está sumido há vinte anos, todos pensam que ele morreu na Guerra de Troia, pretendentes que disputam seu trono e sua esposa acampam no seu palácio esperando ser escolhidos por Penélope.

Seu filho Telêmaco não se conforma com a situação, mas pensa que não pode fazer nada. Isso num dos cenários, Ítaca. Numa outra ponta, no monte Olimpo, onde viviam os deuses gregos, Palas Atena convence seu pai Zeus a permitir que Odisseu retorne ao seu lar, já que o maior inimigo dele entre as divindades, Possídon, não está por perto. Zeus concorda. Na ilha de Calipso, Odisseu, prisioneiro, sente saudades da mulher, do filho e dos amigos e se desespera.

Uma quebra nesse equilíbrio faz com que se torne urgente que se conquiste alguma coisa ou se resolva algum problema. É a perda ou dano que, em sua superação, faz com que os personagens se revelem e suas trajetórias mudem. Quem se dispuser a reparar a perda ou a corrigir o dano, assumirá o papel de herói ou de seu aliado.

Na Odisseia, a perda ocorre no momento em que os pretendentes descobrem que a esposa de Odisseu os está ludibriando, tecendo durante o dia um manto que desmancha à noite para ganhar tempo, na secreta esperança de que o marido volte. Não querem mais protelações, exigem que ela, Penélope, escolha um deles. É um ultimato. Em função disso, Telêmaco parte em busca do pai. Calipso liberta Odisseu por ordem de Zeus, e ele parte de volta ao seu lar.

Além da perda, na trajetória para se chegar a uma solução, existem obstáculos, maiores ou menores, que vão testando as personagens, e auxílios para ajudá-las a superar o que as atrapalha.

Para voltar para casa e recuperar sua família e seu reino, Odisseu é obrigado a superar obstáculos imensos. Monstros, tempestades, fome, sede. Recebe o auxílio divino de Atena, mas também é ajudado por Nausica, filha do rei dos feaces, por Eumeu, um empregado de confiança, e por uma velha escrava que o reconhece quando chega incógnito a Ítaca. Telêmaco também é auxiliado em sua busca por Mentor – disfarce de Atena –, Nestor e Menelau.

Em função da reparação da perda e da superação dos obstáculos ocorre inevitavelmente um divisão entre as personagens. Alguém tenta reparar a perda, outro se opõe a isso, uns tornam-se adversários de quem assume a liderança, outros ajudam o herói.

No livro de Homero, a primeira divisão ocorre entre os deuses. Palas Atena, tentando ajudar Odisseu a voltar, e Possídon, tentando mantê-lo afastado. Com os humanos, a divisão é entre Telêmaco e os pretendentes durante boa parte da narrativa, entre Odisseu e os pretendentes, no final. Dentro do próprio lar de Penélope, a divisão também acontece. Escravas ficam do lado dos pretendentes, anciãos recusam apoio ao filho de Odisseu. Enfim, são campos opostos.

A partir de um certo ponto do jogo que se desenvolve nesse tipo de narrativa, a decisão se aproxima. É o momento em que a perda vai ser reparada pelo herói ou líder. Ou, então, é o momento em que o inimigo do herói vai derrotá-lo. Esse costuma ser o momento de maior tensão na narrativa.

Odisseu será capaz de vergar o arco e derrotar seus adversários? Todos? Eles são muitos. Como ele fará para destruí-los de uma só vez? Esse é o momento em que o enredo se resolve. Para um lado ou para o outro.

A conclusão é o momento em que se amarra a narrativa. Como ficaram as personagens, como mudaram suas perspectivas, quais são os seus sentimentos ou seus planos.

É quando sabemos que Odisseu finalmente se mostra a Penélope com sua real face, ela o reconhece, feliz, ele consegue impor a paz aos parentes dos inimigos mortos e volta a reinar em Ítaca.

Começar a inventar uma história não é uma tarefa fácil. Há várias maneiras de fazê-lo. Alguns autores pesquisam o tema a respeito do qual vão escrever, antes de começar a colocar o enredo no papel. Outros fazem um esquema de cada pedaço, capítulo ou assunto que vai ser tratado. Existem aqueles que simplesmente sentam à frente de um computador, máquina de escrever ou página em branco e começam. E há ainda os que fazem tudo isso ao mesmo tempo, ou cada vez que escrevem dão preferência a um processo.

Se você gosta de inventar histórias, mais cedo ou mais tarde vai definir qual é o seu método preferido. Algumas técnicas, porém, foram muito estudadas e testadas nesse jogo de criar ficção. Porque é um jogo, e algumas regras básicas precisam ser seguidas. O que define a característica especial, o estilo de um jogador não é a criação fora das regras. É brilhar, agradar, comover dentro e a partir delas. Observe, de agora em diante, seus jogadores preferidos. E tente descobrir o que define o estilo deles. Em qualquer jogo, inclusive o de escrever livros, contar histórias.

Existem controvérsias sobre a possibilidade de alguém escrever um livro tendo como base apenas a inspiração. Uma ideia surge, o autor senta e escreve. Mesmo quando isso acontece, em geral o autor possui alguns pré-requisitos e domina regras essenciais da narrativa.

Um dos pré-requisitos mais importantes, na minha opinião, é: leitura, muita leitura. Para quê? Para armazenar formas diferentes de contar histórias e muitas histórias interessantes. É verdade que existem grandes contadores de histórias que não sabem ler. Alguns são até cegos e nunca tiveram oportunidade de aprender a linguagem braile. Mas acredito que todos tenham recebido algum tipo de iniciação. Ouviram muitas narrativas, observaram, aprenderam. Além do mais, leitura não é só da palavra escrita. É também a leitura da imagem, dos sons, dos sentidos de uma maneira geral, da vida, do mundo. Talvez você não tenha, ainda, considerado a leitura sob esse aspecto.

A experiência direta ou indireta sobre o que se escreve é um outro pré-requisito ligado à leitura. Quanto mais um autor for atento às suas experiências e às experiências alheias, quanto mais ele for capaz de aprender com elas, quanto maior for sua capacidade de imaginar a partir de um outro ponto de vista que não o seu, o imediato, mais facilidade terá para escrever. Não é preciso ser um aviador para inventar uma série de situações passadas dentro de um avião, mas é necessário que se saiba pelo menos do que se trata e se imaginem as reações que uma viagem dentro de um aparelho atravessando as nuvens pode provocar.

O conhecimento e a pesquisa são formas excelentes de aprender com as experiências alheias. Se você se detiver nesses três pré-requisitos – leitura, experiência e imaginação –, vai concordar comigo que os três estão intimamente ligados. Você lê, pesquisa, imagina e, a partir daí, escreve.

Portanto, um autor profundamente inspirado, quando senta e escreve, está respondendo a essas três coisas que já estão acumuladas dentro dele. Pode não ter consciência disso naquele momento, mas, quando pega o papel e relê, muitas vezes reconhece a fonte de onde saíram aquelas personagens, situações, soluções.

Foi pensando no processo criativo e na maneira de facilitá-lo que, no jogo Autoria, se buscou fazer uma síntese do caminho que se percorre para contar uma história. As regras essenciais da narrativa, da forma mais clara e resumida. Porque mesmo um autor que possui os três pré-requisitos – quer seja um profissional da ficção, quer seja um aluno escrevendo uma redação escolar – precisa organizar o material a partir do qual vai escrever. E como se organiza esse material? Selecionando elementos e combinando-os entre si para produzir um efeito em quem lê.

Qualquer história que eu, você, qualquer pessoa se proponha contar, passa por sete perguntas básicas:

1. Em que época a história se desenvolve? 2. Em que lugar? 3. Com quais personagens? 4. Em que cenários as personagens atuam? 5. Existe algum problema, disputa, mistério nessa história? 6. As personagens têm um objetivo, querem alcançar um alvo, qual? 7. Qual o título da história?

Como essas perguntas foram respondidas em *O Viajante do espaço*?

A época escolhida foi a de hoje. Os nossos dias. O local, o Brasil e uma ilha perdida no oceano Índico. Essas escolhas me obrigaram a abrir mão dos deuses da Odisseia original. As personagens tinham, evidentemente, de concordar com as da história base: mãe, pai (desaparecido), filho (jovem), pretendentes (apenas três, não teria sentido imaginar centenas de pretendentes hoje em dia), um amigo do filho, aliados do pai. Os cenários, um apartamento de classe média, um laboratório de pesquisas sobre dimensões paralelas, a firma de pesquisa oceanográfica, as dimensões que o pai teria de atravessar em territórios estranhos, deslocados no tempo. O problema, a disputa, o mistério... ah, eis questões complicadas: qualquer equívoco nessa área destrói um enredo. O problema central, resolvi, seria o retorno do desaparecido passando por várias dimensões e provas. O objetivo do herói conseguir retomar seu lugar, recuperar sua vida, o do filho localizar o pai, o dos pretendentes, é claro, conquistar a suposta viúva e a herança. Estava configurada a disputa. Título é uma decisão que tem relação com o gênero. *Viajante do Espaço.* Aventura, com umas pitadas de fantasia.

Um segredo importante na criação de histórias é o uso de alusões literárias e de referências cotidianas. Todo mundo tem uma caixa de recordações, como se fosse um cofre, onde guarda lembranças marcantes de narrativas diversas. O jeito de andar de uma personagem de desenho animado, a situação vivida por um herói de conto de fadas, os diálogos de um casal de namorados num filme visto há muito tempo, a experiência de um parente ou uma situação pessoal vivida no passado. Isso se chama repertório.

Voltemos à questão da leitura. O repertório de alusões de quem lê mais é maior. Se a pessoa que lê livros – ou tem contato com desenhos, filmes, quadrinhos, música, tudo é leitura – for também uma pessoa atenta ao que se passa ao redor dela, no mundo, o repertório será mais completo ainda, porque as situações observadas no dia a dia se juntam às alusões das narrativas alheias, fornecendo um grande material a ser utilizado na criação de novas histórias.

Exemplos práticos: este livro – como é uma reconstrução – está repleto de alusões à Odisseia. Está repleto também de alusões diversas e de referências que eu li, vi ou ouvi. Shakespeare, em sua peça *A tempestade*, fala de uma bruxa chamada Sicorax. Preferi usar esse nome ao da ninfa Calipso, de Homero. Isso é uma alusão literária. Assumida. Outra alusão menos óbvia: Monteiro Lobato, em *Os doze trabalhos de Hércules*, usava o faz de conta para eliminar a barreira entre o português falado pelas suas personagens brasileiras do século XX e os habitantes da Grécia antiga. Eu usei um sintonizador que estabelece a tradução simultânea, porque é uma tecnologia conquistada pela nossa época. No diálogo entre Miguel, o viajante e Tirésias, o adivinho cego, o rei que se casa com a própria mãe é uma alusão a *Édipo rei*, do autor grego Sófocles. Na própria Odisseia, Homero faz referência à tragédia de Édipo. Aliás, tudo indica que esta foi a primeira menção escrita a ela, antes portanto de Sófocles. Outras alusões, inclusive cinematográficas, eu assumi no próprio texto, na fala das personagens. Agora, uma referência do dia a dia. Uma amiga minha, Lídice, certa feita, numa roda de autoria coletiva, criou uma situação na qual uma personagem tinha uma bússola incrustada no peito. Quando Miguel precisou sair da ilha, eu me lembrei dessa solução e a usei. Simples, não é?

Essas dicas podem ser úteis para aumentar seu prazer na leitura, descobrindo como os autores de que você gosta constroem seus livros. Podem também ajudar você a reconstruir esta história ou criar seus próprios enredos. Divirta-se.

PS: Qualquer dúvida, entre em contato, procure na Internet www.autoria.com.br e descubra mais sobre o jogo de contar histórias.

A autora

Sonia Rodrigues é carioca, escritora de literatura, teatro e televisão e coautora dos jogos de criar histórias *Autoria* e *Cabral: descoberta e criação*. Os jogos surgiram de sua tese de Doutorado sobre *Roleplaying Game* (RPG) e têm sido adotados em muitas escolas, por todo o país.

Sonia adora aventuras que envolvem gente jovem, grandes amores, muitas dificuldades e vitórias duramente conquistadas, porque "é disso é que é feita a vida".

Mãe de três filhos, de 13, 15 e 20 anos, e filha e neta de contadores de histórias, sempre viveu entre relatos de proezas, alegrias e dores de personagens, que se tornavam – em sua imaginação – tão íntimas que ela, em criança, acreditava que existiam de verdade.

Aliás, no livro *Casa de Delícias* (Formato), ela conta dessa impressão, que foi decisiva para a escolha de seu caminho. "Escrever sempre, porque escrever – como cantar – espanta os males e atrai coisas boas e gostosas para a vida da gente".

As ilustradoras

Andréa Vilela nasceu em Viçosa, Minas Gerais, passou a infância parte no Rio de Janeiro e o restante em Belo Horizonte, onde vive até hoje. Foi em Belo Horizonte que se formou em Belas Artes pela UFMG, e desde aquela época vem trabalhando com ilustração. Seu trabalho foi publicado em diversas revistas, jornais, peças gráficas e, principalmente, livros. Foi seu amor pela literatura e pelas artes que a levou a optar pela ilustração como ofício. Assim poderia desenhar e, ao mesmo tempo, participar do universo literário. Filha de uma família numerosa, contadora de casos e amante da música, das artes plásticas e, principalmente, da literatura, Andréa passou a infância inventando brincadeiras com seus irmãos e cercada por papéis, lápis e tintas. Com eles se deixava perder entre as personagens e histórias que inventava. Ainda hoje adora um caso bem-contado, e continua a se perder nesse universo inventado dentro do qual – em cada novo livro, em cada novo traço – se reinventa.

Sandra Bianchi é mineira de Uberlândia. Cursou a Escola de Belas Artes da UFMG onde, depois de formada, se tornou professora de desenho nas disciplinas Modelo Vivo, Técnicas de Desenho e Desenho de Observação.

Desde 1995, tem se dedicado com mais intensidade às atividades de ilustração de livros infantojuvenis. Com as ilustrações do livro *A viagem do João-de-Barro*, de Priscila Freire, foi premiada pela Câmara Nacional do Livro InfantoJuvenil.

Além dessas atividades, Sandra ministra aulas de desenho no seu atelier em Belo Horizonte e participa dos projetos do Grupo de Teatro de Bonecos Giramundo, modelando e pintando as cabeças dos bonecos e, eventualmente, executando pinturas para cenários.

Odisseia é o quinto livro da coleção *Reconstruir*, para a qual Sandra foi escolhida como ilustradora da parte referente aos mitos. A técnica utilizada foi o nanquim, tal como nos três volumes anteriores, objetivando, principalmente, buscar uma unidade formal e estética para a coleção.

Para ilustrar os textos dos mitos gregos, a ilustradora busca como fonte de pesquisa as cerâmicas gregas. A partir dessas representações, constrói suas personagens e paisagens.

coleção
reconstruir

SONIA RODRIGUES

ODISSEIA

Ilustração
SANDRA BIANCHI

Formato

ODISSEIA

No monte Olimpo, residência dos deuses gregos, Palas Atena, deusa da sabedoria, pedia a seu pai Zeus, deus dos deuses, que permitisse o regresso de Ulisses à sua terra. O herói grego Ulisses, ou Odisseu, estava aprisionado numa ilha no meio do oceano pela ninfa Calipso. Atena aproveitava a ausência de Possídon, deus dos mares, cujo ódio a Ulisses era responsável pelas sucessivas desgraças que se abateram sobre o herói. O deus não perdoava a morte, graças aos ardis de Ulisses, de um de seus filhos preferidos, o ciclope Polifemo, monstro gigantesco de um só olho.

Zeus cedeu à defesa de Ulisses feita por sua filha e permitiu que Hermes, mensageiro dos deuses, fosse até a ilha ordenar a Calipso que libertasse o prisioneiro. Satisfeita, Atena tomou outro rumo. Dirigiu-se a Ítaca.

Na ilha de Ítaca, vivia a rainha Penélope, que esperava a volta de seu marido, Ulisses, havia vinte anos, desde que ele partira com a esquadra grega para Troia, para resgatar Helena, mulher de Menelau, rei de Esparta.

Ulisses resistiu o quanto pôde à convocação para participar da Guerra de Troia. Casado havia pouco com Penélope, vivia a felicidade de conviver com o filho de

poucos meses, Telêmaco, e até o estratagema de fingir-se de louco usou, para não juntar suas naus e seus homens à expedição. Por fim, foi compelido a cumprir a palavra dada ao pai e ao marido de Helena. Era esta de tal forma linda – a mais bela mulher do mundo, dizia-se – que, por ocasião de escolher um noivo, todos os príncipes gregos se candidataram à sua mão. O pai dela, prevendo a insatisfação geral qualquer que fosse a escolha, fez com que todos os pretendentes jurassem antecipadamente destruir aquele que se atrevesse a tomá-la do eleito. Menelau foi o escolhido, e os outros, inclusive Ulisses, se conformaram e, voltando para suas cidades, retomaram a vida.

Um dia, a surpresa. O troiano Páris, em visita a Esparta, leva Helena, ferindo as leis da hospitalidade e obrigando os ex-pretendentes a cumprir a antiga promessa.

Conformado, Ulisses partiu, e a última notícia que Penélope obteve foi a de que, vitoriosos os gregos e destruída a cidade de Troia, a maioria dos heróis gregos voltara. A respeito de seu marido, soube apenas que saiu vivo das ruínas da cidade inimiga, mas não chegou a Ítaca.

A guerra terminada, começou o assédio. Todos os homens solteiros e de posses que habitavam a ilha começaram a pressionar Penélope para que se conformasse com sua aparente viuvez e escolhesse aquele que sucederia Ulisses no trono. Não havia sentido uma mulher sozinha continuar como regente.

Penélope resistia, justificando que Troia ficava distante e Ulisses ainda chegaria. Quando se configurou que a ausência prolongada indicava morte, ela, na secreta esperança de se livrar da insistência, definiu que escolheria o novo marido quando terminasse de tecer e bordar um grande manto que serviria de mortalha ao sogro, Laerte, quando ele morresse.

Os pretendentes passaram a ocupar o palácio, a comer e beber, esperando que ela terminasse o trabalho. À noite, porém, Penélope desmanchava tudo o que fizera durante o dia e recomeçava do mesmo ponto no dia seguinte. Queria ganhar tempo, mesmo que no íntimo ela também duvidasse do retorno de Ulisses. Durante três anos, ela logrou os pretendentes com esse ardil, mas, um dia, suas escravas a denunciaram e ela foi obrigada a terminar o manto.

Era essa a situação em Ítaca, quando Atena, disfarçada de homem, entrou no palácio e conversou com Telêmaco, filho de Ulisses. Por sugestão dela, Telêmaco convocou os arrogantes pretendentes e informou-lhes que se dirigiria a Esparta para buscar informações sobre seu pai com Menelau e Helena, que, depois de oito anos vivendo fora da Grécia, haviam retornado ao lar. Apesar da oposição dos pretendentes e dos demais cidadãos de Ítaca, Telêmaco partiu em companhia de Atena, que assumira as feições de Mentor, um velho amigo de Ulisses.

Esse era um recurso habitual dos deuses gregos quando desejavam se aproximar de um mortal e conviver com ele. Metamorfoseavam-se no que quisessem, pois, de outra forma, destruiriam com sua presença aquele com quem buscavam contato.

No caminho para Esparta, Telêmaco e Mentor foram acolhidos em Pilo por Nestor, que participara da Guerra de Troia junto com Ulisses e pôde lhe dar notícias dos heróis mortos – Aquiles, Pátroclo, Ajax e tantos outros – nos dez anos de batalha para destruir a cidade. Contou-lhes das

dificuldades imensas enfrentadas no retorno, quando as divergências entre os gregos depois da vitória dividiram a armada. Contou também dos desapontamentos e traições enfrentados por Agamêmnon, o comandante em chefe, quando finalmente conseguiu chegar a seu palácio. Nestor não tinha notícias de Ulisses, talvez Menelau as tivesse.

Decepcionado, Telêmaco continuou a jornada até Esparta, onde foi recebido com grande alegria por Menelau e Helena. Ali obteve notícias de seu pai e de seus feitos. Soube como Ulisses, no final do cerco a Troia, entrara na cidade sitiada como espião e, sozinho, disfarçado, matara muitos troianos. A ele se deveu também o estratagema de simular uma retirada das tropas gregas como se esgotadas pelo longo cerco, deixando um enorme cavalo de madeira, oco por dentro e recheado de guerreiros, como presente para a cidade de Troia. O cavalo foi decisivo na vitória dos gregos, porque lhes permitiu entrar na cidade inexpugnável e tomá-la depois de dez anos de cerco. A última notícia que Menelau tivera de Ulisses lhe fora dada por Ancião, um monstro marinho capaz de assumir a forma de leão, de dragão ou de um grande porco. Informara a ele que Ulisses era prisioneiro da ninfa Calipso, numa ilha em alto-mar.

Apesar da insistência de Menelau em retê-lo em Esparta, Telêmaco decidiu retornar a Ítaca, ainda sem saber se o pai estava vivo ou morto, mas com alguma esperança de que ele houvesse conseguido escapar. Na sua ausência, no entanto, para terror de Penélope, os pretendentes tramavam a morte do filho de Ulisses.

Quase ao mesmo tempo, na ilha de Calipso, a ninfa recebeu o comunicado de Zeus levado por Hermes: Ulisses devia partir. Com muita mágoa, porque se apaixonara pelo prisioneiro, ela lhe deu meios de construir uma jangada, apesar de preveni-lo de que teria de enfrentar perigos terríveis para alcançar sua terra natal. Seria bem mais sensato permanecer ali com ela. Nada do que dissesse, porém, mudaria o desejo de Ulisses de rever Ítaca, Penélope e seu filho, que já estaria um homem, pelos vinte anos passados desde sua partida.

Despediu-se Ulisses de Calipso, quando a jangada ficou pronta e fez-se ao mar. No décimo dia, esgotado, depois de enfrentar terríveis tempestades e mar bravio colocados em seu encalço por Possídon, conseguiu chegar à terra dos feaces – a nado, pois sua jangada fora destruída pelas ondas. Reunindo suas últimas forças, arrastou-se até a beira de um rio e, saciada a sede, dormiu entre as folhas que cobriam a margem.

Atena, que a tudo estava atenta graças à sua determinação de garantir o regresso de Ulisses, apareceu em sonho a Nausica, filha do rei dos feaces, como se fosse uma amiga sua, jovem como ela, e sugeriu que fosse com suas escravas lavar roupa na beira do rio logo que amanhecesse. Acordando ao nascer da aurora, a moça seguiu o que lhe dissera o sonho e acompanhou as escravas. Quando voltavam no final da tarde para o palácio, surgiu-lhes na frente Ulisses, com uma horrível aparência de náufrago.

Nausica, ao contrário das escravas, que fugiram com medo, se compadeceu do estranho e ordenou que lhe dessem roupas e alimentos. Banhado, vestido, com a fome saciada, pôde então Ulisses acompanhar a princesa até o palácio, onde foi recebido por Alcino com reserva, mas também com espírito hospitaleiro.

A reserva de Alcino era explicável: muitos entre os feaces não apreciavam estrangeiros e, se não fosse o auxílio de Nausica e a proteção de Atena que por tudo velava, Ulisses estaria em perigo naquela terra. Quando se acalmaram as desconfianças em relação ao forasteiro, o rei e sua esposa Arete pediram que ele contasse sua história. Ulisses falou de suas atribulações e se deu a conhecer, revelando o desejo de rever Ítaca e retornar aos braços da esposa. Por esse desejo, resistira às tentativas de Calipso de fazer dele seu marido.

– Muitos de meus sofrimentos – relatou Ulisses – deveram-se ao descomedimento dos homens que estavam sob meu comando. Bebiam, desafiaram a tempestade diversas vezes, consumiram as folhas de Loto, uma planta que induz ao esquecimento do desejo de partir. Com muito custo, consegui chegar à terra dos ciclopes, gigantes sem lei e sem ordem, onde enfrentei o ciclope Polifemo de um olho só, que devorou vários de meus companheiros.

– E como conseguiu escapar? – perguntou Nausica.

– Eu o convenci a beber um odre de vinho no meio da sua horrenda refeição de carne humana e ele dormiu. Minha sorte maior foi ter omitido meu verdadeiro nome. Quando ele me perguntou como me chamava, eu disse que meu nome era "Ninguém". Enquanto ele dormia, consegui cegá-lo, furando seu olho, e, para fugir da caverna em que ele nos aprisionara, nos protegemos sob o corpo de seus carneiros e saímos no meio deles. Cego, o gigante apalpava os animais à procura dos prisioneiros, e não percebeu o estratagema. Foi horrível o caminho até as naus, com o gigante urrando e berrando atrás de nós: "Ninguém me cegou. Ninguém me matou".

Triste com as recordações, Ulisses bebeu um gole do vinho que Alcino colocara ao seu lado e retomou a narra-

tiva, para deleite da plateia, suspensa diante de suas palavras:

– Quando me achei seguro dentro da nau, gritei para ele que meu nome era Ulisses, e só então eu soube da existência de uma profecia segundo a qual ele encontraria a morte através de mim. A muito custo, chegamos à ilha de Éolo, o guardião dos ventos, que nos ensinou a voltar ao caminho certo para alcançar Ítaca e me presenteou com um saco de couro onde aprisionara todos os ventos contrários. Foi nossa sorte, porque a indisposição de Possídon contra mim só havia aumentado depois do episódio com Polifemo. Partimos, e no décimo dia já avistávamos Ítaca. Pude então dormir sossegado, certo de que acordaria em minha pátria. Meus companheiros, no entanto, imaginando que havia ouro naquele saco que Éolo me ofertara, abriram-no enquanto eu dormia, e uma descomunal tempestade nos atirou de volta ao alto-mar. O que podia eu fazer com tal bando de irresponsáveis? Lançá-los ao mar? – perguntou Ulisses para os ouvintes, que, tomados de horror e compaixão, assentiram compreensivos frente ao seu dilema.

– Não podia. Tomei o leme e voltamos todos para a ilha de Éolo, que não quis nem ouvir o relato. Expulsou-nos como ingratos, por termos desperdiçado de forma tão imprudente seu precioso auxílio. Navegamos então sem rumo e, ao aportarmos na terra dos lestrigões, vi as tripulações de onze de minhas naus serem devoradas pelos gigantes antropófagos que ali habitam. Eles pescavam meus homens com varas, como nós fazemos com os peixes, e, de imediato, os comiam. Consegui fugir com um punhado de companheiros e um só navio. O mar nos arrastou para a ilha de Circe.

– A feiticeira! – murmurou Nausica, que já ouvira falar na extraordinária mulher.

– A feiticeira, minha jovem, a poderosa e bela feiticeira que transformou em porcos os homens que mandei a seu palácio em busca de informações. Só escapou um deles, Euríloco, que correu a me contar o sucedido. A mim teria ocorrido o mesmo, a metamorfose, não fosse o auxílio de Hermes, o mensageiro dos deuses, que me apareceu sob a forma de um adolescente e me deu uma erva benéfica que neutralizava os venenos de Circe. Mastiguei a planta e, chegando ao palácio, pude beber o vinho que a feiticeira me oferecia sem que me acontecesse nada. Tirei então a minha espada, como se fosse matá-la, e Circe passou a tentar me seduzir. Pedi-lhe que jurasse que não atentaria contra minha vida e a de meus companheiros e que nos ajudaria a chegar até Ítaca.

Ela aceitou me ajudar e, com sua varinha mágica na mão, devolveu aos meus companheiros a forma humana. Durante um ano, ficamos em seu palácio sendo tratados como reis, e talvez eu ficasse ali por mais tempo se meus companheiros não tivessem me lembrado de que, por maiores que fossem os perigos, era hora de partir.

– E ela realmente os ajudou a encontrar o caminho? – perguntou Nausica.

– Ela não sabia como nos trazer de volta. Sabia apenas que eu precisaria consultar Tirésias, o adivinho cego, no reino dos mortos.

– Descer ao Hades. Poucos heróis tentaram tal feito – admirou-se Alcino.

– Não havia outra alternativa. Seguindo as orientações de Circe, levei alimento de presente para as almas que habitam o Hades: vinho, água, farinha e leite com mel. Junto com os companheiros que me seguiam, esperei. Logo acorreram vários heróis conhecidos em vida e outros parentes meus, mas eu não permiti que nenhum pegasse os presentes reservados a Tirésias. Este, finalmente, se aproximou e disse que, apesar da oposição de Possídon, eu voltaria a Ítaca depois de muito sofrimento e de perder todos os meus companheiros e naus, algumas vezes pelas dificuldades, outras pelo descomedimento deles.

– E a profecia se realizou – murmurou Arete, rainha dos feaces, para a filha Nausica.

– Realmente, perdi tudo e encontro-me hoje dependendo da hospitalidade e da generosidade da sua casa, rainha, para voltar para a minha família.

– E pode ter certeza de que a encontrará – garantiu Alcino. – Amanhã partirá para Ítaca em segurança em nossas naus e com nossos presentes. Mas conte-nos mais a respeito dos que já se foram. Foi possível aplacar a saudade dos parentes e amigos?

– Tentei várias vezes abraçar minha mãe, mas ela se esgarçava nos meus braços como uma sombra ou um sonho. Conversei com vários companheiros de juventude e batalhas, todos pediam notícias dos seus, notícias do que havia acontecido depois de eles terem descido ao Hades. Vi também os castigos terríveis a que são submetidos aque-

les que em vida desafiam os deuses, como acontece com Sísifo, a rolar eternamente uma enorme pedra, que sempre volta para o mesmo ponto, ou Tântalo, com água até o pescoço, mas sem poder matar a sede, pois quando tenta beber, a água desaparece. Um único grego entre os defuntos se negou a falar comigo. Ajax. Ele levou para a morte o mesmo ressentimento que por mim tinha em vida. Foi o último com o qual tentei contato. Logo observei que vários se aproximavam de nós soltando gritos assustadores e corremos de volta para a nau, retornando para a ilha de Circe com a presteza que nos permitiram os remos e os ventos.

– E essa foi a última parada até aqui? Como pereceram os homens que o acompanhavam? – perguntou um guerreiro feace que ouvia em silêncio o relato da extraordinária aventura.

– Quem dera que a visita ao Hades e a preparação da jornada de volta fossem meus únicos percalços – lastimou-se Ulisses. – Eu e meus companheiros nos fizemos ao mar e, prevenidos por Circe, nos preparamos para o encontro com as belíssimas sereias que, encarapitadas num rochedo no meio do mar, cantam para seduzir os marinheiros incautos e lhes tirar a vida. A conselho de Circe, tapei os ouvidos de todos com cera, mas eu próprio desejava ouvir o canto, por isso pedi para que meus homens me amarrassem ao mastro. Só assim consegui resistir à beleza da melodia e às promessas que faziam.

– Pelo menos eram belas – murmurou um jovem tímido que a tudo escutava com os olhos arregalados. – Não eram monstros.

– Tivemos nossa cota de monstros de novo. Logo em seguida ao rochedo das sereias, nos deparamos, num estreito entre dois rochedos, com Cila e Caríbides. Cila é um

monstro de doze pés disformes e seis pescoços terminados em cabeças medonhas, cada uma com três séries de dentes com os quais tritura seres do mar ou humanos que passem por perto. Caríbides é pior, porque engole toda a água e depois a expele, impedindo que qualquer nau siga viagem além do rochedo que habita. Sempre seguindo as orientações de Circe e Tirésias, passei pelo rochedo de Cila, que agarrou seis dos meus homens. Enquanto ela os engolia num espetáculo pavoroso, conseguimos escapar. Chegamos então à Ilha do Sol, onde relutei em parar porque me lembrei de um aviso de Tirésias de que ali se daria a última prova para minha tripulação. Antes eu não tivesse me deixado convencer por eles a interromper viagem naquele porto. Um mês ficamos por ali à espera de ventos favoráveis, os suprimentos acabaram e meus homens, contrariando minhas ordens, mataram e comeram as vacas do deus Hélio. Por vingança, Zeus fulminou a nau e todos os meus homens pereceram. Eu, com muito sacrifício, cheguei até a ilha de Calipso e ali fui mantido prisioneiro pela ninfa durante anos.

– Até ela consentir em libertá-lo – disse Alcino.

– Até Hermes, a mando de Zeus, comunicar a Calipso que meus tempos de sofrimento e castigo estavam acabados – corrigiu Ulisses.

– E, se depender de nós, acabaram mesmo. Amanhã você será conduzido a Ítaca e será o fim de seu exílio – prometeu Alcino comovido.

O rei dos feaces cumpriu sua palavra e, dois dias depois, Ulisses finalmente beijava a praia de Ítaca, de onde partira vinte anos antes. Atena lhe apareceu sob a forma de um pastor de cabras e recomendou que ele se dirigisse ao seu palácio disfarçado de velho e mendigo

e procurasse o guardador de porcos Eumeu, um criado fiel.

– Mas por que tanto mistério? – estranhou Ulisses, ansioso para abraçar Penélope e rever sua casa.

– Porque, como previu Tirésias, sua casa está invadida por pretendentes à mão de sua mulher e ao seu trono, e há traidores entre seus próprios criados. A demora foi muito grande, e seu aparecimento súbito põe em risco a sua vida e a vida de seu filho. Vou avisar Telêmaco para se dirigir à casa do guardador de porcos assim que ele chegar ao porto.

Desgostoso, Ulisses viu-se transformado em velho e andrajoso andarilho pela deusa, e assim se dirigiu ao casebre de Eumeu. Ali, passou a noite sem revelar sua identidade, esperando a chegada do filho, que ainda não voltara de Esparta.

Telêmaco, ao chegar, cumprindo as recomendações de Atena, evitou o caminho do palácio e encontrou um estranho no abrigo do guardador de porcos, que estava pelo campo a cuidar dos animais. Para seu espanto, Ulisses, a um gesto de Atena agora invisível, recuperou seu aspecto original e deu-se a conhecer ao filho.

Eumeu, ao voltar do campo, encontrou os dois abraçados, Ulisses mais uma vez contando suas aventuras e Telêmaco ouvindo extasiado o pai recém-descoberto.

– Amo, os pretendentes são muitos. São traiçoeiros. Como derrotá-los e fazer valer seus direitos? – perguntou Eumeu, depois de ter controlado a emoção.

Ulisses sorriu sem modéstia. Ele era o homem que havia tramado com sucesso contra Troia e havia suportado e vencido todos os obstáculos colocados em seu caminho por homens e por deuses. Explicou seu plano para retomar o poder e expulsar os pretendentes. Depois concluiu:

– Com a ajuda de Palas Atena e de vocês, os pretendentes serão expulsos para sempre de meu palácio.

O plano era simples. Novamente disfarçado, Ulisses foi até o palácio na manhã seguinte e, pedindo hospedagem, pôde conferir pessoalmente o descaramento daqueles homens, comendo e bebendo dia e noite às suas expensas, como forma de pressionar Penélope. Na arrogância habitual, dois dos pretendentes, com o auxílio de escravos infiéis, maltratavam o velho andarilho no qual Ulisses se transformara. A situação só não piorou pela intervenção de Telêmaco, que obrigou os inoportunos a deixar Ulisses em paz. A rainha, compadecida e sem reconhecer o marido, mandou que a velha escrava Euricleia lavasse os pés do mendigo, seguindo os preceitos da generosa hospitalidade grega de cuidar de qualquer um que pedisse abrigo.

Euricleia cuidara de Ulisses a vida inteira antes de criar Telêmaco. Apesar da transformação em velho mendigo e do segredo, a escrava reconheceu seu amo imediatamente pela marca de uma antiga ferida na perna. Sem querer que suspeitassem de seu retorno, ele a obrigou a manter silêncio e, ajudado por ela e pelo filho, escondeu todas as armas que havia no palácio.

Levado à presença de Penélope depois de banhado e alimentado, e ainda sem se dar a conhecer, ele tentou animá-la com a promessa de que seu marido retornaria em breve. Ela estava, porém, no final de suas forças.

– Estou permitindo que acabem com o que resta da fortuna de meu marido, em razão da minha teima em lhe ser fiel – lamentou-se Penélope.

– Se a rainha pensa assim, proponha uma prova definitiva e case-se com aquele que a vencer – sugeriu Ulisses, contendo-se para não tomá-la nos braços e se identificar de vez.

A rainha então decidiu propor uma competição aos pretendentes: seriam alinhados doze machados no grande pátio murado do palácio. Aquele que conseguisse vergar o arco de Ulisses e atravessar com uma flecha os doze machados, obteria sua mão. O mendigo aplaudiu a ideia.

– Quem sabe Ulisses volta a tempo de participar do certame – Euricleia não resistiu a palpitar, calando-se em seguida, quando o mendigo franziu as sobrancelhas em desaprovação pela quase-inconfidência.

Avisados da decisão da rainha, os pretendentes exultaram. Acabaria a longa espera. Não sabiam eles que tudo já estava combinado por Ulisses com Telêmaco, Eumeu e Euricleia. Na manhã marcada para a prova, ele assistiu, sereno, à tentativa de todos os pretendentes de vergar o arco que só fora por ele usado anteriormente. Sem sucesso.

Finalmente, a um sinal seu, a escrava chamou sua senhora para fora do pátio, enquanto os outros aliados de Ulisses trancaram todas as saídas. O mendigo pediu, então, que o deixassem tentar vencer a prova e, debaixo das zombarias e insultos dos pretendentes, tomou do grande arco, que, dócil às mãos do seu verdadeiro dono, vergou e disparou a flecha, que atravessou veloz os doze machados.

Os pretendentes ficaram estarrecidos, mais ainda quando Telêmaco, empunhando a longa espada, se colocou ao lado do pai.

– Homens imprudentes – disse Ulisses, ríspido. – Todos sabiam que este arco só poderia ser vergado por aquele

a quem foi destinado. Eu sou Ulisses, e venho cobrar todos os desmandos e desordens que foram perpetrados contra minha família e minha casa.

A reação dos pretendentes foi rápida e variada. Alguns tentaram correr, mas encontraram as portas fechadas. Uns poucos, mais espertos ou mais medrosos, tentaram convencer Ulisses a aceitar uma grande indenização pelos prejuízos causados naqueles anos todos. Recusado o perdão, Ulisses e Telêmaco lutaram, com o auxílio de Eumeu e de alguns pastores fiéis, contra aqueles que durante anos haviam assediado Penélope e desbaratado o patrimônio daquela casa. Em pouco tempo, os usurpadores jaziam mortos pelo chão. O triunfo de Ulisses foi completo.

Todos os escravos que apoiaram os traidores encontraram castigo semelhante. Ulisses mandou que enforcassem homens e mulheres que haviam traído a rainha e Telêmaco, filho e herdeiro.

Finda a batalha e depois de ter exercido a justiça, Ulisses – livre, afinal, de qualquer disfarce – se dirigiu, sozinho, aos aposentos de Penélope. Ela custou a acreditar que Ulisses enfim retornara, mas foram tantas as informações que só ele poderia possuir, e tantas as juras de amor e saudades, que Penélope se convenceu, e os dois puderam, depois de tão longa espera, consolar um ao outro entre beijos, por tudo o que haviam passado na ausência e no difícil retorno.

A paz reinou no palácio por uma noite, mas o conflito se espalhou pela ilha. Ulisses ainda precisou enfrentar os parentes daqueles que massacrara. Por mais que reconhecessem que os filhos e sobrinhos haviam se comportado mal, muitos ainda queriam vingança, e foi preciso que

Ulisses os enfrentasse e destruísse os líderes mais rebeldes para voltar a reinar com segurança e justiça. Com a ajuda de Atena, sua protetora, e graças à especial resistência e esperteza de que era dotado.

REFERÊNCIAS BIBLIOGRÁFICAS

BRANDÃO, Junito de Souza. *Mitologia grega*. Petrópolis: Vozes, 1997, v. I, II e III.

HOMERO. *Ilíada*. Rio de Janeiro: Ediouro, 1988.

HOMERO. *Odisseia*. Rio de Janeiro: Ediouro, 1988.